U0063130

iFRONT

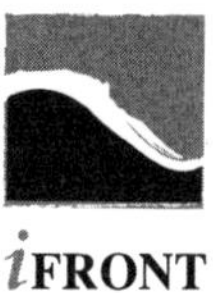
iFRONT

iFRONT

iFRONT

主編：王德威

人文視界01

蘇珊・桑塔格文選

作者：蘇珊・桑塔格（Susan Sontag）

編者：陳耀成（Evans Chan）

譯者：黃燦然、貝嶺、陳軍、陳耀成、楊小濱

主編：王德威（David D. W. Wang）

責任編輯：吳莉君

發行人：陳雨航

出版：一方出版有限公司

台北市110忠孝東路五段410號3樓之2

電話: 886-2-87806726 傳真: 886-2-87806728

e-mail: editor@ifront.com.tw

總經銷：遠流出版事業股份有限公司

台北市100中正區汀州路三段184號7樓之5

電話：886-2-23651212 傳真：886-2-23657979

遠流博識網：http://www.ylib.com

印刷：一展彩色製版有限公司

ISBN：986-80548-8-5

初版一刷：2002年11月1日

定價：260元

感謝台南紡織社會福利基金會贊助

人文視界
01

蘇珊·桑塔格文選

SELECTED WRITINGS by Susan Sontag

作者◎蘇珊·桑塔格 Susan Sontag
編者◎陳耀成 Evans Chan
譯者◎黃燦然、貝嶺、陳軍、陳耀成、楊小濱

[目次]

文字・影像・良心

——《蘇珊・桑塔格文選》序

陳耀成

蘇珊・桑塔格——近代美國少數最重要的作家及公眾知識分子之一——於1933年在紐約市出生，但卻是在中國受孕，因爲父親當時住在天津，經營皮草生意。也是在天津，桑塔格五歲時，她父親患肺病殞命。

早熟的桑塔格小時候夢想步居里夫人後塵，希望做科學家。到七、八歲時卻發現她對文學的狂熱興趣。她十五歲中學畢業，三年後於芝加哥大學畢業。在芝大，她與社會學家菲利普・瑞夫（Philip Rieff）閃電結婚。兒子大衛於1952年出生。

大衛・瑞夫今天也是頗負文名的紀實作家，出版了有關邁阿密、洛杉磯及波士尼亞的幾種著作。桑塔格在本書內好幾處提到她兒子，在〈戰爭與攝影〉文中甚至直接引述：「我們可能透過敘事去理解，但卻憑著攝影去記憶。」

許多人把桑塔格——雖不至像伍迪・艾倫（Woody Allen）般——與紐約連結起來，因爲很容易碰到她在音樂、歌劇、朗誦會上出現。她可以跪在卡內基音樂廳地上與現代舞名宿康寧漢（Merce Cunningham）聊天，或於戲院最前的數排座椅上大吃爆米花。《火山情人》（*The Volcano Lover*）的序幕是紐約的跳蚤市場，然後故事才躍入十八世紀的義大利南部。桑塔格彷彿直承紐約猶太文學（並非指題材上）的傳統。然而有一次談話中，她是這樣向我說：「我其實不太喜歡這個國家（美國），我可以住在許多地方，例如巴黎。除了紐約，我想不出哪個美國城市我願意住下來。紐約是這麼一個大都會！單只皇后區，據說已有上百的族裔各自說著自己的語言。我住在紐約，也是因為想接近我兒子……」

她於1957年從哈佛大學取得哲學碩士學位（三十六年後，她獲哈佛頒發榮譽博士），並得到一筆獎金遊學歐洲。她在巴黎住了一段時間，1958年回國向菲利普・瑞夫要求離婚。

歐洲文化對桑塔格非常重要——她相信是與其歐洲（波蘭）猶太移民背景有關——她也經常出入巴黎。她「粗通義大利及西班牙文」。據她自己陳述，中學時讀湯瑪斯・曼的《魔山》（*The Magic Mountain/Der Zauberberg*），英譯本並沒有譯出書中本來以法文寫的一章，桑塔格就去買了一本法英字典，開始自修法語。可以說泰半因她的推介，法國大文評家羅蘭・巴特（Roland Barthes）及以法語寫作的羅馬尼亞哲學家斯奧朗（E. M. Cioran）的全集才得以英譯面世。也有人揣測是因為她在八〇年代寫的一篇〈心智的激情〉（Mind as Passion），推介了德語作家伊拉雅斯・卡內蒂（Elias Canetti），令他翌年得諾貝爾獎。

桑塔格的「崇歐傾向」也受到批評諷刺。有人形容她是「間中寫英文的美國作家」。小說家約翰・厄普戴克（John Updike）甚至揶揄她爲「我們非常璀璨的法國前衛文化的隨從」。

1959年與夫離異之後，桑塔格攜著幼子移居紐約，教書及賣文維生。她開始於當時文壇重鎮《宗派評論》（*Partisan Review*）——這雜誌也曾發表過夏濟安的短篇——揚名立萬，被視爲新近的瑪麗・麥卡錫（Mary McCarthy）——早她一輩的才女。桑塔格後來說，在一個派對上，麥卡錫碰到她，打量之後，就冷言道：「妳就是那個模仿我的人！」但桑塔格聲言，她對麥卡錫的作品全無興趣（見本書〈虛構的藝術〉一文）。

1963年，桑塔格的第一本小說《恩人》（*The Benefactor*）出版。這不算她的成名作，然而已獲得名哲學家漢娜・鄂蘭（Hanneh Arendt）的激賞，讚美她爲一位富於創意、師承法國文學的重要作家。

終於令桑塔格聲名鵲起的是她的評論。從法國結構主義人類學到日本科幻片到當代流行音樂，她筆鋒所及都得風氣之先，充滿睿智、卓見。1964年發表的〈假仙筆記〉（Notes on Camp）——追溯一個源自同性戀社群、進而滲入普及文化的感性——傳誦一時，三十多年後仍被美國新聞學會列爲二十世紀一百篇最重要的文獻之一。

無疑，1966年結集的《反對詮釋》（*Against Interpretation*）令她名噪一時，該書迅即成爲大學校院經典。桑塔格被譽爲「美國最聰明的女人」、「美國文壇的黑夫人」。當然，她那優雅、夠「酷」的外貌（曾經一度，她的標記是額上的一絡白髮）也是她成爲傳媒聞人的原因之一。此外，有人形容他是美國前衛藝壇的娜妲麗華（Natalie Wood，《西城故事》女主角）。

六、七〇年代之間，幾乎每部桑塔格文集都是一宗出版盛事。1969年《激進意志之風格》（*Styles of Radical Will*）面世，收錄了〈寂靜之美學〉、〈色情之想像〉，及（談法國新浪潮猛將）〈高達〉等重要文章。1977年的《論攝影》（*On Photography*）是探討攝影美學、影像文明及近代消費文化的先鋒作品，榮獲國家書評人評論組首獎。1978年的《疾病的隱喻》（*Illness as Metaphor*）肇自1975年間她與乳癌搏鬥的經驗。此書日後被女性國家書會列爲七十五本「改變了世界的女性著述」之一。

七、八〇年代的桑塔格也拍電影及導演舞台劇，包括於1985年爲米蘭・昆德拉的《傑克及其主人》(*Jacques and His Master*)在哈佛大學劇場執導世界首演。1980年出版了《土星座下》(*Under the Sign of Saturn*)文集之後，桑塔格多寫短文。1986年發表的短篇小說〈現世浮生〉(The Way We Live Now)又被譽爲愛滋病文學中的一個傑作。凌厲的愛滋瘟疫終於令她在1989年發表論文〈愛滋病及其隱喻〉(AIDS and Its Metaphors)。此文可說是《疾病的隱喻》的延伸。日後〈愛滋病及其隱喻〉一文也收輯於《疾病的隱喻》一書，合爲增訂本(1990)。

桑塔格其實一直自視爲小說家，《恩人》之後，在1967年出版了第二本小說《死亡工具套》(*Death Kit*)。中間拍了四部電影之後，相隔了二十五年後才出版了第三本小說──長篇的《火山情人》(1992)，以十八世紀義大利南部的那不勒斯革命爲背景。這本小說又竟然登入暢銷書榜，成爲她最雅俗共賞的作品。評家把她與法語歷史小說宗師瑪格麗特・尤瑟娜(Marguerite Yourcenar, 1903-1987)相提並論。

九〇年代末期，桑塔格第二度患上癌病，而她又重新克服病魔。在病榻之間，她完成了長篇小說《在美國》(*In America*)。雖然毀譽參半，此書依然獲得2000年美國國家書卷獎。次年，桑塔格獲頒耶路撒冷獎，表揚其終身文學成就。她的最新文集《重點所在》（*Where the Stress Falls*）也是這年出版，收集她八、九〇年代的文章。桑塔格近年仍在不竭推介她眼中受冷落的重要作家：例如十九世紀巴西小說家馬察道・迪・亞西士（Machado de Assis）被她追封爲拉丁美洲第一文宗，阿根廷的波赫士在她的名單上退居亞軍。她讚美的東歐作者包括已故的塞爾維亞小說家丹尼路・紀區（Danilo Kis）及波蘭的韋托・剛布魯維奇（Witold Gombrowicz）；瑞士的羅勃・華西（Robert Walser）；以及今年剛於車禍喪生的德語文壇彗星史堡特（W. G. Sebald）。此外，桑也悉力推薦以一部傑作而享身後名的蘇聯小說家李歐納・柴波欽（Leonid Tsypkin，《杜思妥也夫斯基的夏天》〔*Summer in Baden-Baden*〕[1]的作者）和墨西哥的璜・魯佛（Juan Rulfo，其小說《柏杜魯・巴拿毛》〔*Pedro Páramo*〕直接啓迪《百年孤寂》的誕生）。而年近七旬的她依然熟悉當代世界電影，予楊德昌、侯孝賢等亞洲導演評論上的支持。

除了未得諾貝爾獎之外，桑塔格是當代文壇最受推崇的作家及評論家。做爲美國少數最觸目的公眾知

[1] 該書中文版將由一方出版。

識分子，她的言行更受注目。早在六〇年代，桑塔格已積極投入反越戰運動。她曾探訪河內及古巴，並撰文講述其旅遊經驗。1973年參觀文革末期的中國，但除了她早期寫成的、帶自傳成分的短篇小說〈中國之旅的計畫〉（Project for a trip to China）之外，未正式發表過文章披露其旅華經歷。她於本書收錄的〈反後現代主義及其他〉訪談中講述其中國之行的觀感，是頗爲稀罕的記載。

桑塔格一直對中國的人權狀況相當關注。魏京生再度被捕之時，她曾參與聲援的紐約記者會。其講話後來發表於《紐約書評》雜誌。她也是海外華文文學人文雜誌《傾向》的編輯顧問之一。《傾向》主編貝嶺2001年回中國時曾受短期拘留，桑塔格亦於八個國家的報刊內撰文喚起公眾關注。貝嶺與筆者的某次談話中表示：他相信自己迅即被釋，與桑塔格的聲援有直接關係。

桑關注人權的紀錄絕對難以非議；近如今年年初伊朗女導演塔緬力・米蘭妮（Tahmineh Milani）因爲影片觸及回教國家內的女性處境而有被判死刑的可能。我把網上的一份抗議連署傳去，桑塔格也立刻把自己的名字加上去。

1987至1989年之間，桑曾是美國筆會主席。她的名字不斷出現在抗議政治迫害藝術家的連署名單上。但她自己的政治言論也觸怒了左翼的自由派陣營，例如1982年在一個支持波蘭團結工聯的座談會上，她形容共產主義爲「披上人面的法西斯主義」。1993年她支持柯林頓轟炸科索夫（Kosovo）的文章，也令和平主義者咬牙切齒。

本書收錄的〈在塞拉耶佛等待果陀〉記載了她與危城同甘共苦的經歷，反應著她主張美國軍隊干預的實際體驗。2001年她獲頒耶路撒冷獎又引起以色列裡外的爭論。首先，有人認爲她不應該去以色列接受這個所謂「社會中的個人自由」獎項，因爲以色列正在無情地鎮壓巴勒斯坦西岸。但桑指出，這基本上是一個文學獎，過去的得主包括昆德拉及美國小說家德利洛（Don DeLillo）等。駁斥西方批評家之同時，親往耶路撒冷接受獎項的桑塔格，又竟然在講辭中力陳：「……集體責任這一信條，用做集體懲罰的邏輯依據，絕不是正當理由，無論是軍事上或道德上。我指的是對平民使用不成比例的武器……我還認爲，除非以色列人停止移居巴勒斯坦土地，並盡快拆掉這些移居點和撤走集結在那裡保護移居點的軍隊，否則這裡不會有和平。」

會場頓時噓聲四起，甚至有些觀眾立刻離場，而以色列的主流媒介則大為震怒。整件事件也許顯示這位女猶太作家對以色列——她曾於1974年拍攝了有關以巴衝突的紀錄片《許諾的土地》(*Promised Lands*)——愛之深責之切的態度。

美國國內的保守勢力對這位曾發表〈河內之行〉(Trip to Hanoi，收錄於《激進意志之風格》)，又為古巴革命海報集寫序的女作家一直極不信任，雖然桑塔格後來的反共及主戰（拯救波士尼亞）的言論曾令右派一度釋然。但九一一紐約恐怖襲擊事件之後，桑塔格在《紐約客》的一篇短文卻掀起巨波。文中她催促美國反省其中東政策，又指出傳媒把劫機自盡的恐怖分子形容為「懦夫」其實妄顧現實。為此，桑塔格招來無數責難，甚至被罵「叛國賊」。

無可否認，桑塔格是「明星」作家，過去四十年來掌握著時代的脈搏，言行觸動著國際事件的敏感神經。雖然有批評家指責她善於自我宣傳，自捧為當世聖人及西方的良心。但她的創作及言論不斷挑戰我們對世局的反應——從這本書收錄的三個訪問及三篇文章中可見一斑。

這六篇文字都是來自過去十年。最近的兩篇〈戰爭與攝影〉及〈文字的良心〉分別於2001年2月和5

月在演講場合首先宣讀，算是新鮮出爐。事實上除了〈在塞拉耶佛等待果陀〉（刊於1993年，是集中最早的一篇）已輯入桑塔格的最新文集《重點所在》之外，其餘五篇都仍只散見報刊；牛津大學出版社甚至仍未正式出版〈戰爭與攝影〉的英文原稿[2]。可以說，這是桑塔格的一本首先以中文出版的新著。書中作品都不可避免地提及桑九〇年代初期前往塞拉耶佛的支援探訪，從而帶出了知識分子責任與當代文化的困境等重大課題。

似乎桑塔格挑選了塞城做爲她個人的西班牙內戰，藝術家脫離象牙塔的行動與實踐方式。然而行動之後，實踐只變成爲一個故事。這本書到達讀者手上的時候，除了是某宗哀愁的歷史事件及個人道德勇氣之見證外，也是思維：令我們無法迴避文字、影像與良知的複雜關係與要求。

此書內容由桑塔格親自挑選，隱約可以見到訪問與文章之間的對話與辯證關係。本書的壓卷作〈戰爭與攝影〉大概是桑塔格近年發表的最重要文章，該講

[2]〈戰爭與攝影〉爲「牛津國際特赦協會講座系列」之一，將輯於牛津大學出版社《人權・人禍》（*Human Rights, Human Wrongs*, ed. by Nicholas Owen）講座集中。

辭於2001年2月完成。但於六個月（2000年7月）前我與她的直接面談時，有以下的一段對答：

陳：回顧起來，你的書《論攝影》可視為論述後現代文化的開拓性作品。例如，你說攝影的品味天生就是民主和均等性的，泯除好品味與壞品味之間的差別。攝影，或者說影像文化，已把慘劇和災難轉化為美學經驗，已把我們的世界割為碎片，取代了現實……灌輸一種宿命感：「在真實世界，正在發生的某件事情，沒有人知道如何演變。在影像世界，它已經發生了，它還將永遠以同一種方式發生。」……在你看來，攝影是現代主義的終點但亦導致其崩潰。

桑：是的，也許如你所言。但我再次不覺得需要使用「後現代」這個術語……然而，我也在疑問有關攝影影像吸納這個世界的災難和恐怖後帶來的後果。它是否在麻醉我們？它是否使我們對萬事萬物習以為常？震撼效果是否消滅了？我不知道……

半年之後桑塔格完成的〈戰爭與攝影〉，不單只試圖修訂她當年於《論攝影》中提出的影響深遠——

在她眼中，伊格納提夫（Michael Ignatieff）不過拾她牙慧而已——的一些見解，同時也是她給予所謂後現代主義的答辯。影像取代了實物；消費層面凌駕生產層面；歷史及新聞淪爲觀覽物，這些都是後現代主義的分析——此派的代表性哲學家是她極度鄙視的布希亞（Jean Baudrillard）。例如布的一本著作名叫《完美罪案》（*The Perfect Crime*），內容描寫當代社會內「一宗最不著痕跡、不動聲色的完美罪行已經發生——現實被謀殺了」。

桑塔格卻認爲這些不過是美倩輕巧的誇大之辭。並指斥爲法國人的特長，「有關現實死亡的報導——如同作者之死、或小說之死——都似乎有點誇大。」（「作者之死」本自巴特、傅柯；「小說之死」本自法國新小說／反小說。）

我覺得〈戰爭與攝影〉中最珍貴的觀察如下：

> ……世上只有傳媒，及再被表呈之物象：現實已然過時了！
>
> 這些俱是華美的辭藻。但對很多人來說，很有說服力，因為現代世界的一個特色是人熱中感受走在前頭——走在其本身的經驗的前頭。

然而徹底否定或漠視後現代主義的論據，彷彿也導致桑塔格討論中出現的一些盲點。

以巴爾幹半島的衝突爲例。東歐及蘇聯的族裔騷動是後冷戰的產物，而社會主義體制的崩解當然反映著一個——馬克思主義的——歷史「大敘述」（grand narrative）的瓦解，這是後現代主義的一個重要觀點。整個近代社會，地區微觀的、取締了大敘述的敘事觀點正搖撼地球每個角落——近如台灣本身，摩拳擦掌的本土意識及獨立情意結，當然正肇於對中華文化（其命運與目標）這個大敘述的質疑。

許多這類較狹窄的崇尚本土主義的後現代雨後春雷，不單只製造了更多的慘酷戰災，而且往往牽涉著種族、社群、文化、宗教的累世恩怨，外人頗不易理解。

非洲是這麼一個如桑塔格所言的「最被忽略的恐怖劇場」的一個原因，正繫於前述的不易深入理解的種族恩仇，當然因膚色及宗教——桑塔格覺得歐美知識分子視波士尼亞人爲回教徒，所以冷感——也可以令外人難以認同。但黑白分明如西班牙內戰及桑塔格眼中的波士尼亞的處境，正因爲駁雜模糊的後現代衝突而變得儼如鳳毛麟角。很多地區衝突令人無所適從，束手無策。

桑塔格也許有資格嘲笑兩位當時得令的法國哲學家——格魯克斯曼（André Glucksmann）和利維（Bernard-Henri Lévy）——膽小怯懦，但她的塞城之旅也並非徹底地岸然世局的「傳媒化」之外。她身處塞城頹垣之中的照片曾經刊載於《紐約時報》，她導演《等待果陀》之舉被廣泛報導，甚至被拍爲紀錄片。而這不是她個人誠懇與否的主觀問題。而是客觀而言，塞市縱使被暴軍圍困，仍然有文化及戲劇活動，他們爲什麼需要桑塔格導一齣戲？此外，又是不是張三李四到來說要搞話劇都會獲得支持，成其好事？到最後，桑不得不承認格魯克斯曼的「傳媒化」的「猥褻」理論也有幾分眞實，因爲「媒體的報導成爲主要的關注對象，以及媒體的關注本身有時候變成主要新聞」（見〈在塞拉耶佛等待果陀〉）。而傳媒的計算當然分分秒秒都是；是否有名人參與，值得採訪嗎？像桑塔格這樣的一位聰明人，會懵然不知——她雖不至媲美瑪丹娜——自己總算是名人嗎？

當代——後現代——人的犬儒及（桑塔格不曾提及的）無力感，其泉源也可追溯到這荒謬處境——若你不變爲影像，即名人的話，你的言行誰來注意呢？這無力與幻滅也甚至反映於最富裕的歐美社會：於選舉時，投票率往往很低，常是有資格選民的一半而已，而這已是理論上受高深教育的一群人較熟悉及有能力改善的切身環境。遑論關注遠方的戰爭！

若我提出的這些觀點似乎語氣消極，也並非質疑桑塔格的俠義精神，只是對她宏文的一點求全之毀。我想重要的是不要對當代處境的悲觀「崇物化」(fetishize)，而把一些合理的後現代主義的見解只變爲通盤的巧言令飾（儘管機智好玩）的虛無主義，結果只爲優裕的知識分子提供知性的自瀆快感。

布希亞與桑塔格之對壘早見諸文字。例如1993年1月，塞拉耶佛仍在面對圍城困境之時，布希亞在法國《解放報》（*Libération*）上刊登了一篇文章。雖然是爲一齣塞城的紀錄片有感而發，布的短文——現輯於布的最新英譯文集《篩出》（*Screened Out*）——特別針對桑塔格，認爲「此等無力、也不損人的知識分子……紆尊降貴……在憂戚相關的溫暖的太陽下，爲自己美好的良心曬日光浴」[3]。他不斷強調悲戚的波士尼亞的受害者擁有「眞實」，而是西方的消費傳媒社會失去了「眞實」。「我們甚至把最壞的口號也重新祭起，『我們不能坐視不救，我們必須做點事』。但只因爲你不能不幹點事而去幹點事，永遠不是自由

[3]《篩出》（*Screened Out*, Verso, 2002），頁45-46。

或行動的原則，那只不過是爲我們的自憐與無力的罪惡感找尋赦免而已……」[4]

不過布希亞沒有說明什麼才是自由與行動的原則。而爲什麼對不公的震怒，對他人的困境的憐憫一定是止於自憐而已？布希亞是近年最卓越的當代（後現代）文化的理論家之一，文筆永遠機智矯健。尤其初觸他的作品時，常爲那奇特的觀察、出人意表的警句所挑動。所謂看得過癮！因爲那是這麼一個浪蕩、玩世不恭的蒼涼的聲音，如同知識界的湯姆・威茲（Tom Waits）。是的，世界是這麼的一個影像、傳媒、擬像（simulacra）及觀覽品的沙漠，唯有他的書是些奇葩異卉——開於帶刺的仙人掌上。然而我們應如何認眞看待這位末世先知的看破紅塵式的「酷」然？

再隨手引一段布的文字：「道德良心，或集體良心的效果全不過是傳媒效果。愈是有人鄭重其事地去治療，爲良心進行人工呼吸之時，愈見其奄奄一息。」

他又說：「所有這些基本意念：責任、歷史的客觀成因，其意義的有與無等等都已然消失，或正在消

[4] 同上，頁46。

失。」[5]

然而，我們不免反問：這是客觀的描述，還是理應如此？而歷史目標的消失是否可以與肇自不忍人之心的責任感的消失相提並論？是否桑塔格甚或其他兩位即日來回地探訪圍城的巴黎哲學家都如此蒙昧、無知及自我偉大，值得被嘲弄譏諷？

瑞士導演基士提安·費亞（Christian Frei）最近拍了一部震撼人心的紀錄片《戰地攝影師》（*War Photographer*）。主人翁正是桑塔格文中提起的「反戰攝影家」詹姆士·拿克狄威（James Nachtwey）。若有人質疑影像的震撼力，或犬儒地聲稱災難不過淪爲觀覽商品的話，都應一看該片，以管窺一個高貴心靈在人類災劫的最前線義無反顧地見證的勇氣。

拿克狄威攝影的「美感」恆常是爲其震撼的訊息服務，於妍醜之間達致平衡。他可以叫助手連續在暗房沖印同一幀圖片四次——而其藝術目的是加強車臣照片之內的災難的天空的張力（見195頁圖）。

桑塔格驍勇地提醒我們：影像可能從不曾更所向披靡地衝擊公眾。但拿克狄威很冷靜地告訴我們：消費社會的廣告商極不喜歡災難照片，怕損其形象及市

[5] 同上，頁17。

場，令災難照片的需求不斷萎縮……

此時此刻把這麼一位舉足輕重的當代作家的最新文章介紹給台灣讀者——縱使於這經濟低迷時期——仍有其特殊意義，因爲亞洲四小龍某程度上已追近了一點歐美的優裕，即是擁有一些資源去關心家事國事天下事。

桑塔格的典範，不言而喻是一些已然名垂青史的公眾知識分子：左拉（Zola）、馬爾侯（Malraux）和沙特（Sartre）等。她的下一部作品叫《他人之痛苦》（*Regarding the Pain of Others*），隱約令人聯想西蒙・波娃（Simon de Beauvoir）的第一部存在主義小說《他人之血》（*The Blood of Others*）。她這批文章的訊息也宛如重新召喚知而後行、知其不可而爲之、縱身一躍以做個人抉擇的存在主義的精神。

那可能是過時，並無很過癮的機智可言，但也可能是歷久常新的。

（此書出版端賴桑塔格女士授權、其助理奧立法・舒溫拿–奧爾百特〔Oliver Schwaner-Albright〕協調；王德威先生的敦促；一方出版公司的陳雨航及吳莉君編務上的支持；貝嶺、楊小濱、陳軍予以轉載其訪問；詩人黃燦然典雅的譯文；葉德輝、馮美華及伍志立多年來的鼓勵。）

[蘇珊・桑塔格文選]

SELECTED WRITINGS
by Susan Sontag

虛構的藝術
——蘇珊・桑塔格訪談
THE ART OF FICTION

訪談◎愛德華・霍斯克
Edward Hirsch
譯◎陳軍

本文英文原文刊於1995年冬137期《巴黎評論》（*The Paris Review*）雜誌，訪者愛德華・霍斯克是名詩人及教授；中譯刊於1997年總第10期《傾向》文學人文雜誌。

霍：你是什麼時候開始寫作的？

桑：不太清楚。不過我知道在九歲左右就搞了一個自己的出版物。我做了一份有四頁篇幅的月報，把它複製（用非常原始的辦法）二十份，然後以每份五分錢賣給鄰居們。這份持續了九年的報紙，淨是我對讀過的東西作的模仿。裡面有故事、詩和兩個我還能記得的劇本：一個的靈感出自卡雷爾・恰佩克（Karel Capek）[1]的《萬能機器人》（*R. U. R.*, 1920）；另一個得自於愛德納・聖文生・米蕾（Edna St. Vincent Millay）[2]《反始詠嘆調》（*Aria de Capo*）的影響。要記住，這是1942、1943和1944年。還有戰役報導——中途島、史達林格勒等——都是我很認眞地根據眞實報紙上的文章縮寫而成的。

霍：因爲你常常去塞爾維亞，我們不得不將這次訪問推遲了幾次。你告訴我，你生活中最壓抑之一的經驗來自那裡。我在想戰爭在你的作品和生活中爲什麼出現得如此頻繁？

桑：確實，在美國轟炸北越期間，我去了那裡兩次。其中第一次的見聞，我在〈河內之旅〉一文中有

1 捷克劇作家（1890-1938）。

2 美國女詩人及劇作家（1892-1950）。

過詳述。1973年當戰爭在以色列爆發，我到前線去拍了電影《許諾的土地》。波士尼亞實際上是我經歷的第三場戰爭。

霍：在〈疾病的隱喻〉一文中，有對戰爭譬喻的譴責。在小說《火山情人》中，對邪惡戰爭的描寫是小說高潮。當我請你爲我編輯的一本書《轉化影像：作家談藝術》（*Transforming Vision: Writers on Art*）撰文，你選擇論述的是哥雅（Francisco Goya）的畫作《戰爭的災難》（*The Disasters of War*，插圖見頁203）。

桑：儘管我出自一個旅行者之家，但我以爲一個人不只單憑想像，而眞的去戰火紛飛之地旅行一定會顯得很離奇。我的父親在中國北方做皮貨生意，日本入侵時在當地亡故，那時我才五歲。1939年9月我入小學，仍記得聽到關於「世界大戰」的情形。我最好的同班好友是西班牙內戰的難民。我還記得1941年12月7日的一次野餐。在我最初開始琢磨的詞文中，「在此期間」（for the duration）是其中的一個詞彙，比如「在此期間沒有牛油」。我現在還能回憶起當時品味這古怪和富樂觀氣息的詞彙。

霍：在論羅蘭・巴特那篇〈寫作本身〉（Writing Itself）的文章中，你對巴特從未在寫作中提到戰爭表示了驚訝。巴特的父親死於第一次世界大戰（巴特當時還是嬰兒)，爾後巴特自己做爲年輕人的生活，整個是在第二次世界大戰和佔領區度過的。你的作品卻總被戰爭所纏困。

桑：我所能做的回答是，所謂作家就是一個關注世界的人。

霍：你在《許諾的土地》裡曾寫到：「我的主題是戰爭。有關戰爭的任何創作，如果不去表現它可怕的毀滅和死亡的實在，將是一個危險的謊言。」

桑：這個教訓人的口氣使我感到有點恐懼，不過我仍然如此認爲。

霍：你正在寫塞拉耶佛之圍困嗎？

桑：不會。我的意思是還不會，大概短時間內也不會。至少不會用文論或報導的形式去寫。我的兒子大衛・瑞夫(David Rieff)，比我更早去塞拉耶佛，他已經完成了一本報導集，書名叫《屠殺之屋》(*Slaughterhouse*)。一個家庭有一本關於波士尼亞種族屠殺的書足夠了，所以我不會花時間在寫這題材。目前我能在那裡盡量多待：去見證、去哀悼、去樹立一個明確的抗拒同流合污的榜樣、去介入等就已經足夠。相信正確的行動，不是一個作家的責任，而是一個人的責任。

霍：你從來就想當作家嗎？

桑：大約六歲我讀到居里的女兒依娃・居里（Eve Curie）寫的《居里夫人》，所以我最初想成爲化學家。以後童年的大部分時間，我想成爲物理學家。最後讓我不能自拔的是文學。我眞正想要的是將每一種生活都過一遍，一個作家的生活似乎最包含一切。

霍：你有以他人做爲作家的楷模嗎？

桑：當然，我曾把自己看做是《小婦人》（*Little Women*）中的喬（Jo），但不想寫喬所寫的東西。我認同傑克・倫敦（Jack London）的寫作，在他的《馬丁・伊登》（*Martin Eden*）裡，我發現了作家兼倡導家的形象，所以我又想成爲馬丁・伊登。不過不致遭逢傑克・倫敦賦予他的黯淡命運。我看自己或我猜自己是一個英雄式的自修生。我期待寫作生涯的搏鬥。我以爲創作是一份英勇的天職。

霍：還有其他楷模嗎？

桑：以後，我十三歲讀了安德烈・紀德（André Gide）的札記，它展現紀德心靈的尊貴、他對人生不竭的好奇。

霍：你記得何時開始閱讀的嗎？

桑：別人告訴我，在三歲的時候。不過我記得閱讀眞正的書籍——傳記、旅行誌——大約六歲左右。以後迷上了愛倫・坡、莎士比亞、狄更斯、勃朗特姊妹、雨果、叔本華和佩特（Walter Horatio Pater）[3]等人的作品。我的整個童年時代是在對文學的陶醉與亢奮中度過的。

霍：你一定和別的孩子相當的不同。

桑：是嗎？但我也很擅僞裝。我對自己並不想得太多，找到更好的東西就會高興。同時我也渴望置身於別的地方，閱讀本身營造了一種愉悅的、確鑿的疏離感。閱讀和音樂是身邊的人不在乎的東西，但卻是我日常生活的一部分，我矢志追尋的靈性的衝刺。我一度覺得自己彷彿來自於別的星球，這個幻覺得自於當時令我著迷的漫畫書。當然我無從知道別人怎麼看我，我覺得別人實際上完全不會想到我。我只記得四歲時在公園裡，聽到我的愛爾蘭保母告訴另一位大人說：「蘇珊的弦繃得很緊（high-strung）」[4]，我當時想：「這是個有意思的說法，不是嗎？」

霍：告訴我一些你的教育背景。

桑：我上的都是公立學校，但一個比一個糟糕。不過運氣不錯，在兒童心理學家尚未到來的時代就開始上學了。因爲能讀和寫，一開始就插班到三年級，

[3] 英國作家、評論家及美學家（1839-1894）。

[4] 意謂緊張、敏感。

不久又跳了一個學期，所以從北好萊塢高中畢業時，我才十五歲，接著在柏克萊加州大學受了一段很好的教育，然後又到了芝加哥大學所謂的赫欽斯學院（Hutchins College）讀書。我是在哈佛和牛津讀研究所，主修哲學。五〇年代的大部分時間，我都在做學生。我從每一位老師那裡都學到點東西。但在我求學中最重要的大學則是芝加哥大學，不僅那裡的老師們讓我敬仰，我還尤其要感激三位老師對我的影響：肯尼斯・伯克（Kenneth Burke）、理查德・麥科恩（Richard McKeon）和里奧・史特勞斯（Leo Strauss）[5]。

霍：伯克是一位怎樣的老師？

桑：完全沉浸在他自己的那種引人入勝的方法來開啓一個文本。他差不多用了一年在課堂上，一個字一個字、一個形象一個形象地釋讀了康拉德（Joseph Conrad）的作品《勝利》（*Victory*）。通過伯克，我學會了閱讀。我依然照其方法閱讀。他對我頗感興趣。在他成爲我第三學期人文教師之前，我已讀過不少他的作品。要知道，他當時尚未成名，也從未遇見過一位在高中時已唸過其作品的大學生。他給了我一本他

[5] 伯克，重要評論家（1897-1993）；麥科恩，美國知名哲學家（1900-1985）；史特勞斯，政治哲學家（1899-1973）。

的小說《朝向更好的生活》（*Towards a Better Life*），然後向我講述了二〇年代初他與哈特・克雷恩（Hart Crane）和裘娜・巴恩斯（Djuna Barnes）在格林威治村合住一個公寓的事[6]。你可以想見，這對我產生了怎樣的影響。他是第一個我遇見的，我擁有其書的人（除了十四歲時，我被人拉著去見了湯瑪斯・曼一面，我把那經歷寫進一個名叫〈朝聖之途〉〔Pilgrimage〕的短篇），作家當時在我看來像電影明星似的遙遠。

霍：你在十八歲獲得芝加哥大學的學士，當時你有沒有意識到自己將成為作家？

桑：有，但我還是上了研究所。我從來沒想過自己能靠寫作謀生。我是個知恩的勇於學習的學生。我自以為會樂意教學，那時也的確如此。當然我仔細地做了準備，不是教文學，而是哲學和宗教史。

霍：你只在三十歲前教過書，後來又多次拒絕返回大學教書的邀請。是不是因為你逐漸感到學術和創作生涯不能兼容？

桑：比不能兼容更糟，我目睹學術生涯毀掉了我

[6] 克雷恩，美國詩人（1899-1932）；巴恩斯，美國女性主義作家暨插畫家（1892-1982）。

這一代最好的作家。

霍：你是否介意被稱做爲一個知識分子？

桑：一個人無論被稱之爲什麼都不會喜歡。知識分子這個詞對我來說做爲形容詞比做爲名詞更能說明問題。我以爲人們假定知識分子是一批笨拙的怪物，如果是女人就更糟。這使我更熱中抵制那些充斥社會的反智的陳詞濫調：例如心與腦、情感與理智的二分法。

霍：你是否把自己看做一位女權主義者？

桑：這是少數幾個讓我滿意的標籤之一。儘管如此……這是不是一個名詞呢？對此我有點懷疑。

霍：哪些女性作家對你重要？

桑：很多。清少納言、奧斯汀、喬治・艾略特、狄金生（Emily Dickinson）、吳爾芙、茨維塔耶娃（Marina Tsvetayeva）、阿赫瑪托娃（Anna Akhmatova）、伊麗莎白・畢曉普（Elizabeth Bishop）、哈德惠克（Elizabeth Hardwick）……名單要比這長得多[7]。從文

[7] 清少納言，日本平安朝傑作《枕草子》作者；茨維塔耶娃（1892-1941）和阿赫瑪托娃（1889-1966），二十世紀俄國兩大女詩人；畢曉普，美國女詩人（1911-1979）；哈德惠克，美國小說家（1916-）。

化上講，女人是少數民族。以我少數民族的意識，我爲女性獲得的成就而感欣慰。但以一個作家的意識而言，對任何我敬重的作家都一樣喜歡，是女性還是男性作家在這裡沒有區別。

霍：不管影響你童年時代的那些作家的楷模爲何。我的印象是你成年以後作家的楷模是歐洲，而不是美國式的。

桑：我不肯定這說法，那楷模是我私人挑選的吧！事實上，生活在二十世紀後半葉，我可以縱容我的歐洲品味，而不必非得寄居海外不可，儘管我成年後許多時間在歐洲度過。這是我自己做一個美國人的方式。葛楚德・斯坦因（Gertrude Stein）說過：「根有什麼意義，如果你不能將它帶走的話。」別人會覺得這個表白富於猶太人味，但它也富於美國味。

霍：你的第三部小說《火山情人》，在我看來是一部非常美國化的小說，雖然它講的故事發生在十八世紀的歐洲。

桑：是的，除了美國人不可能有人會寫《火山情人》這樣的作品。

霍：《火山情人》有一個副標題：「一個羅曼史」。這是不是與霍桑有關？

桑：確實，我想了霍桑（Nathaniel Hawthorne）

在《七個山牆的屋子》（*The House of the Seven Gables*, 1851）的前言裡說的一段話：「當一位作家把自己的作品叫羅曼史，那就顯而易見地是希望獲得某種不論從風格到素材都可以充分發揮的空間，若他寫小說的話就不會做如此的假定。」我的想像力有十九世紀美國文學很深的印記。首先是愛倫・坡（Allen Poe），我在早熟的童年讀到他的作品，就爲其混合臆測、幻想和黯傷的風格所打動。愛倫・坡講的故事仍然在我的記憶裡。接下來是霍桑和梅爾維爾（Herman Melville）。我喜歡梅爾維爾的執迷，《科萊爾》（*Clarel*）、《白鯨記》（*Moby-Dick*），還有《皮爾》（*Pierre*），是一本關於一個英勇地孤獨的作家受挫的小說。

霍：你的第一部作品是小說《恩人》，接著你又寫了不少的文章、遊記、短篇小說、戲劇及另外兩個長篇。你有沒有從一種形式的寫作開始，爾後寫成了另外一種？

桑：沒有，我總是從開始就知道所寫的將爲何物。每一個寫作的衝動都來自於對形式的構想。對我來說動筆之前你必須先有輪廓和結構。在這點上我無法比納博科夫（Vladimir Nabokov）說得更好：「事物的樣式先於事物。」

霍：你的寫作有多順暢？

桑：《恩人》我寫得很快，一點不費力，週末時間加上兩個夏天（我當時在哥倫比亞學院的宗教系教書）。我覺得我講了一個逗人的凶險故事。它描繪了離經叛道的宗教意念如何交上好運的故事。早期的文章寫得也很順手。不過，在我的經驗裡，寫作並不隨著多寫變得更易，而正相反。

霍：你寫作時是如何下筆的？

桑：開始於句子短語，然後我知道有些東西開始被傳達出來。通常是開篇的那一句，但有時一開始就聽到了那末尾的一句。

霍：你實際上是怎麼寫的呢？

桑：我用纖維水筆，有時鉛筆，寫於黃或白色的寫稿簿——美國作家的崇拜物。我喜歡手寫所特有的那種緩慢之感，然後把它們打出來再在上面塗改。之後不斷再重打。有時在手稿、有時則在打字機上直接修改，直到覺得不能寫得更好為止。我一直用這種方法寫作，五年前我有了電腦後才有所改變。現在是將第二或第三稿輸進電腦，雖然不必整個再重打了，但我會把不同階段的稿本印出，再以手改。

霍：有沒有任何別的東西幫你開始下筆？

桑：閱讀，通常它與我正在寫或希望想寫的東西無關。我大量地閱讀藝術史、建築史、樂理學、主題各異的學術論著及詩歌作品。磨蹭也是準備開始的一部分。閱讀和聽音樂就是磨蹭的方式。音樂既讓我精力更旺，同時也讓我心神不定。不寫作會令我愧疚。

霍：你每天都寫嗎？

桑：我是間歇性地揮筆直書，我寫是因爲壓力在潛意識內疊加，某些東西在腦袋裡開始成熟，我又有相當信心將它寫下來時，就不得不落筆。當寫作眞的有了進展，別的事我就都不幹了。我不出門，常常忘了吃東西，睡得也很少。這種完全缺乏自律的工作方法，不會使我成爲一個多產作家，再者我的興趣也太廣泛了。

霍：葉慈（W. B. Yeats）說過一句有名的話：每個人都必須在生活和工作之間做一選擇。你認爲這是眞的嗎？

桑：實際上他所說的是：一個人必須在完美的生活和完美的作品之間做選擇。寫作就是一種生活，一種非常特殊的生活。如果生活是指與他人相處的那種，葉慈當然講得對。寫作要求大量的時間獨處。我常常用完全不寫的辦法來減輕這種選擇的苛刻程度。我喜歡出門，包括去旅行。在旅途中我不能寫作。我喜歡談話，喜歡聆聽，喜歡去看、去觀察。我或許有一種關注過多病（Attention Surplus Disorder）。對我而言，世上最易之事莫過於去關注。

霍：你是隨寫隨改，還是整個寫完之後才修改？

桑：邊寫邊改，這是很愉快的事，我不會因此變得沒有耐心。我願意一遍又一遍地改動，直到能夠流暢地再往下寫爲止。開始總是困難的。開始下筆總有緊張和恐慌的感覺伴隨著我。尼采說過：開始寫作與一個跳入冰冷的湖裡的決定不差上下。只有在寫作進展到三分之一時，我才能知道它的好壞程度。此時我手裡才算眞正有牌可以玩上一手。

霍：小說與文章（essay）的寫作之間有什麼不同？

桑：寫文章總是很費力，常常幾易其稿才能完成，改到最後與初稿可能全不一樣。有時在文章的寫作過程中，我會完全改變初衷。從這個意義上講，虛構作品寫起來要容易得多，因爲初稿通常已經包括了基本的東西，如：基調、語彙、節奏和激情——作品雛形總包括了其最終的面貌。

霍：你有沒有後悔過所寫的東西？

桑：整體上說沒有，除了六〇年代中爲《宗派評論》寫的兩篇劇場事紀。不幸的是它們還收進了我的第一本文集《反對詮釋》中。我不適合那種嘈雜環境下、印象式的寫作。顯然我也不可能對早期作品中的一切都仍然贊同。我有所改變，見聞也增廣。當時引發我寫作的文化環境，早已整個改觀，所以去更改早期作品已無必要。我會更願意拿一枝藍鉛筆去審閱我最初的兩部小說。

霍：你三十歲前寫的《恩人》，用的是一位六十多歲法國人的口氣。你是否覺得擬造一個與你本身如此不同的角色很困難？

桑：比寫自己要容易。寫作就是摹擬別人。就是寫眞正發生在我生活裡的事件，如〈朝聖之途〉和〈中國之旅的計畫〉中所敘述的那個我，也不是眞正的我。但我必須承認在《恩人》中，這種區別被我盡可能地擴大了。我既不是獨身，不是隱士，不是男人，不是老人，也不是法國人。

霍：但這本小說似乎受了不少法國文學的影響。

桑：是嗎？好像很多人都覺得它受了「新小說」的影響，對此我不同意。反而是兩本較早的法國書籍：笛卡兒的《沉思錄》（*Méditations*）和伏爾泰的《戇第德》（*Candide*），我是諷刺性地影射，但談不上影響。如果《恩人》眞曾受到影響的話，當屬肯尼斯・伯克的《朝向更好的生活》，但當時我也並不自覺。最近我重讀了伯克的小說（十六歲時他給我的這本小說，我大概一直沒再讀過），我發現那本書的策略性序言似乎是《恩人》的範型。小說是一系列的歌劇詠嘆調式的敘述和虛構的說教。伯克小說中那個搔首弄姿、自戀得頗精緻、沒有什麼讀者會去認同的主人翁，伯克卻敢於將他稱之爲英雄。

霍：你的第二部小說《死亡工具套》與《恩人》相當不同。

桑：《死亡工具套》邀請讀者對其悲慘主人翁認同。它寫於越戰的陰影下，我一直處在哀傷的心境裡。這是一本關於悲痛、哀悼的書。

霍：這不算一種新的情感，你最早發表的一篇小說不就取名爲〈有隱痛的人〉（Man with a Pain）嗎？

桑：那是少不更事之作，在《我等之輩》裡你就不會發現它。

霍：你怎麼會替《宗派評論》撰寫那兩篇劇場事紀的？

桑：你很難想像當時的文學界是由所謂的小雜誌圈組成的。我的文學使命感得自於閱讀《肯庸評論》（*Kenyon Review*）、《司瓦尼評論》（*Sewanee Review*）、《哈德遜評論》（*The Hudson Review*）和《宗派評論》等，這是四〇年代我還在南加州唸高中的時候的讀物。六〇年代我初到紐約時，這些雜誌仍在出版，但已是一個文學世代的尾聲了。我當然不了解這個情形。我最大的野心就是能在其中之一的雜誌上發表作品，能讓五千人讀到我的作品，對我就是天堂了。

搬到紐約不久，我在一個晚會上碰到威廉・菲力浦（William Phillips），我鼓起勇氣過去問他：「如何能爲《宗派評論》撰稿？」他答道：「你到雜誌社來，我給你需要寫評論的書。」第二天我去了，他給了一本小說。對那小說我並不感興趣，不過還是寫了一篇不錯的東西。書評不久發表了，門就這樣向我敞開了。當時對我存在著一種不太恰當的、我設法壓制的幻想：即我會成爲「新的瑪麗・麥卡錫（Mary McCarthy）」。菲力浦要我寫戲劇評論時，他說得很直接：「你知道，瑪麗曾經寫過這類稿。」我告訴他我不想寫戲劇評論，他不肯讓步。有違自知地我寫出了那兩篇東西（我完全沒有意願成爲新的瑪麗・麥卡錫，這位作家對我從不重要）。我評論了亞瑟・米勒（Arthur Miller）、詹姆士・鮑德溫（James Baldwin）和愛德華・阿爾比（Edward Albee）的劇作，形容它們都很糟但試圖扮得機智。我很討厭自己這樣寫。寫完第二篇後，我告訴菲力浦，我沒法再繼續寫了。

霍：不過你還是往下寫出了許多有名的文章，其中一部分發表在《宗派評論》上。

桑：但所有的主題都是自己選定的，我幾乎不再爲稿約動筆。我完全沒興趣寫自己不欣賞的東西。就是在欣賞的作品裡，我選擇所寫的大部分都是被忽略或少有人知的作品。我不是一個批評家，批評家與文章作家（essayist）不同。我把自己的文章看做是文化的成品。我認爲藝術的根本任務在於強化對立的意識，這導致我提倡的作品變得相對地怪異。我過去和現在都一直很欣賞林納爾・崔林（Lionel Trilling）[8]，亦一直以爲自由派共同維護的文化道統能夠流傳下去，而名著中的經典不可能被離經叛道或較好玩的作品所威脅。然而在我過去寫作的這三十年來，趣味變得如此低劣，以致簡單地捍衛嚴肅觀點本身已成了一種對立的舉動。僅只是嚴肅，或通過一種熱情的、非功利的方式表達關切，對大部分人來說已成爲不可理解的事。大概只有那些出生在三〇年代和少數的守舊的人，能夠理解藝術與藝術計畫、藝術家與名流的截然不同之處。你看到我對當前文化的粗野和不竭的空洞已憤怒至極，然而日以繼夜地憤怒多讓人厭煩啊。

霍：文學的目的在於教育是不是一個過時的想法？

桑：文學確實教育了我們的人生。如果不是因爲

[8] 美國文學評論家（1905-1975）。

某些書的話，我不會是今天這樣的人，也不會有現在的理解力。我此刻想到十九世紀俄羅斯文學中的一個偉大命題：「一個人應當怎樣生活。」一篇值得閱讀的小說是對心靈的一種教誨，它能擴大我們對人類的可能性、人類的本性及世上所發生之事的理解力，它也是內向自省意識的創造者。

霍：寫一篇文章和寫一篇小說，是否出自於你的不同方面？

桑：是的，文章具有一種桎梏性的形式。小說卻很自由。自由地講故事和隨意地論述。於小說之內穿插的論述文章與單純的文章含義完全不同，它已嵌進角色的聲音中了。

霍：你似乎不再寫文章了。

桑：是，我過去十五年裡寫的大部分文章，不是悼文就是讚辭。關於卡內蒂（Elias Canetti）、羅蘭・巴特和班雅明（Walter Benjamin）的評論，談的是他們作品中我所感到相近的因素和情感：卡內蒂的熱中讚美的虔誠和對殘忍的憎恨；巴特的審美感性；班雅明的惆悵詩意。我很清楚他們作品中還有很多方面可以討論，我卻沒有觸及。

霍：我可以看得出這些文章是一種經過掩飾的自畫像。在早期的文章裡你不也是這樣做的嗎？包括在

《反對詮釋》中的某些部分？

桑：我想這一切不可避免地都有聯繫。但在我最近的文論集《土星座下》裡還有一些其他的東西發生。寫這批文章時，我經歷類似慢動作，沒有外在症狀的精神崩潰。我力圖將腦中裝滿的感覺、觀念和幻想統統都塞進文章的形式中去。換句話說，文章這種形式能為我可用的也就到此為止了。也許關於班雅明、卡內蒂和巴特的文章是我的自畫像，但同時也是眞正的虛構。也許在為卡內蒂和班雅明繪畫文章肖像中，我試圖達致的衝激，現在通過我的那位鍾情火山的「騎士」，以一種虛構的形式得到了充分體現。

霍：以你的經驗，寫小說是不是創造或構思一個佈局？

桑：說來奇怪，佈局似乎常像一份禮物般完整的呈現在我的眼前。這是很神奇的事。我以往聽到的、看到的和讀到的東西幻成了完整的故事，所有的細節——包括各種場景、人物、地域和災禍都一一顯現。有一個人的朋友叫理查，當我聽到這個人叫出理查的乳名——Diddy時，僅僅聽到這個名字，《死亡工具套》的故事就形成了。《火山情人》的靈感始於我一次瀏覽大英博物館鄰近的印品店，無意中看到了一些火山的風景畫片，後來發現這些畫片原來出自《弗勒格萊曠野》（*Campi Phlegraei*）[9]。我的新小說始於我閱讀卡夫卡日記——一本我偏愛的書——書中有一段大概是關於夢境的話，我以前肯定不止一次地讀到過它。這次重讀，整個《火山情人》的故事像一部早先看過的電影似地閃現於我的腦海。

霍：整個的故事？

桑：是的，整個故事的情節。但故事所能承載和發展出來的東西，卻是在寫作過程發現的。《火山情人》從一個跳蚤市場開始，在葡萄牙女詩人埃莉奧諾拉（Eleonora）的來自陰間的獨白中結束；從一個頗具反諷意味的，在跳蚤市場上四處尋覓廉價玩意的收藏家開始，到埃莉奧諾拉對整個故事提供的遼闊道德景觀，這個讀者所感受到的過程，它的每一個意蘊並不是在我動筆前就能預知的。於埃莉奧諾拉譴責劇中人的地方結束，小說篇末與開篇時的敘事觀點，再難更南轅北轍了！

霍：在1964年問世的名作〈假仙筆記〉（Notes on Camp）開始的地方寫到你的態度是一種「滲以嫌惡

[9] 十八世紀後半葉英國駐那不勒斯大使威廉・漢密爾頓（William Hamilton）出版的作品。弗勒格萊曠野是那不勒斯西部的火山區。詳情參見《火山情人》作者序。

的深刻同情」。這種對「假仙」、攝影、敘事等既是也非的態度在你似乎很典型。

桑：這不是說我喜歡或不喜歡一個東西，這太簡單了。它也不是如你所說那種「既是也非」，而是「既為此也為彼」。我樂意在強烈的情感和反應中安頓下來。但我無論看到什麼，我的想法總會走得更遠，並看到了其他的東西。對我能討論和判斷的任何事物，我很快就能看出它們的局限。亨利・詹姆斯（Henry James）有一個精采的說法：「我說的有關任何事情的話都不是我最後的話。」哪裡總有更多可說和感受的部分。

霍：我想很多人會認為，你把理論化的藍圖帶進了小說——如果不是做為作者，至少做為讀者。

桑：實際我沒有。我需要對所讀的東西在意，並為之觸動。我無法關心一本對智慧工程毫無建樹的書籍。對華美的散文風格，我可是一個噬吞者。說得輕鬆一點，我對散文的要求是詩人式的風格。我最欣賞的都是正當年輕的詩人，或可以成為詩人的作家。這裡沒什麼理論。事實上我的趣味無法控制地龐雜。沒有人能禁止我溺愛德萊塞（Theodore Dreiser）的《珍妮姑娘》（*Jennie Gerhardt*）、狄蒂安（Joan Didion）的《民主》（*Democracy*）、格蘭威・威斯考特（Glenway

Wescott）的《朝聖鷹》（*The Pilgrim Hawk*）和多納・巴瑟美（Donald Barthelme）[10]的《死去的父親》（*The Dead Father*）。

霍：你提到了幾位被你欣賞的當代作家，你是否以爲受到他們的影響？

桑：無論何時，我承認誰影響了我，我都無法知道所說的是否屬實。這樣說吧：我從巴瑟美學到了許多標點法和速度；從哈德惠克學到的是形容詞和句子的節奏感。我不知道自己可曾從納博科夫和托馬斯・貝恩哈特（Thomas Bernhard）[11]處學到東西，但他們無以倫比的作品幫助了我，使我對自己確立最嚴格的標準。還有高達（Jean-Luc Godard）[12]，高達豐潤了我的感性，及不可避免地，我的創作。做爲作家，我從許納貝爾（Karl Ulrich Schnabel）演奏貝多芬；格蘭・顧爾德（Glenn Gould）演奏巴哈；內田光子（Mitsuko Uchida）演奏莫札特的方法中也學到了一些東西。

霍：你是否閱讀有關自己的書評？

10 後現代短篇小說名家（1931-1989）。

11 奧地利作家（1931-）。

12 法國新浪潮導演（1930-1970）。

桑：不，甚至也不讀別人告訴我是完全讚許的評論。所有的書評都讓我不快。不過有時朋友會翹起大拇指或朝下，暗示評論的看法。

霍：在《死亡工具套》之後，你好幾年沒有寫東西。

桑：從1964年我就積極參與反戰，當時它還不能稱之爲一場運動。它佔據了我越來越多的時間，我變得很沮喪。我在等待，在閱讀。我住在歐洲，後來墜入愛河。我的鑑賞力有所提高，還拍了幾部片子，但在寫作方面，卻產生了信心危機。我一直認爲書不是爲出版而寫，而是必須寫才寫。而我的書應當一本比一本寫得好。這是一份自我懲罰的標準，但我一直對它信守如一。

霍：你怎麼會想到寫《論攝影》這本文集的？

桑：1992年我與《紐約書評》的芭芭拉・愛坡斯坦（Barbara Epstein）共進午餐，談起我剛看過的現代美術館黛安・阿巴士（Diane Arbus）[13]的攝影展。芭芭拉問我：「妳寫一篇評論怎樣？」我覺得自己大概能寫，然後開始寫的時候，我覺得應該先寫幾段有關攝影的概論，再來討論阿巴士的作品，沒想到一下筆

[13] 美國當代紀實攝影的重要人物之一（1923-1971）。

就超出幾段話的內容，而且停不下來。文章也從一篇變成了幾篇。在這個過程裡，我常感到自己像一個童話中的魔術師的學徒般孤立無助，越寫覺得越難，是越來越覺得不容易寫得好。但我很執著，寫到第三篇的時候，我才設法將論題轉到阿巴士和她的攝影展上來。到這階段我才感到自己全身投入這書，不會放棄。我花了五年的時間，才寫了六篇文章，完成了《論攝影》這個集子。

霍：不過你卻告訴我，你往下的一本書《疾病的隱喻》就寫得很快。

桑：因爲它短得多。這篇長文的篇幅相當於一部中篇小說。寫此文時，我正是一個被診斷爲情形不妙的癌症患者。生病使我變得專心。同時也給了我精力去設想；我正在寫一本對其他癌症病人和他們的親人有助益的書。

霍：你一直都寫短篇小說……

桑：爲一部長篇小說而熱身。

霍：寫完《火山情人》你就立刻著手寫作另一個長篇。那是否意味著你較有興趣寫篇幅更長，而不是更短的虛構作品？

桑：是的，但我對自己寫的有些短篇小說很喜歡，如《我等之輩》集子中的〈百問猶疑〉（Debriefing）、

〈無導之遊〉(Unguided Tour)及1987年寫的〈現世浮生〉(The Way We Live Now)。我越來越被多元音調的敘事方法所吸引。這種方式需要更長的行文。

霍：你花了多少時間寫《火山情人》？

桑：從第一稿的第一句話到最後結尾，一共兩年半的時間，對我而言這已經很快了。

霍：你當時在哪兒？

桑：1989年9月我在柏林開始創作《火山情人》。我是到了該地之後才慢慢想到，自己到了一個既與世隔絕，又是中歐文明中心的地區。儘管柏林在我到了兩個月後開始完全改觀，但對我有益的那些方面尚在：我既不和紐約的寓所和自己的書在一起，也不在我正要寫的地方。這樣一種的雙重距離對我很有利。

《火山情人》前半部寫於1989年的下半年到1990年底的柏林，後半部寫於紐約的寓所，其中有兩個章節寫於米蘭的旅店（一個住了兩星期的客棧），一章寫於紐約的五月花酒店。在這章裡有主人翁在死亡之榻上所作的獨白，我覺得必須要在一個封閉的地方一口氣將它完成。我知道可以用三天將它搞定，我也不知道爲什麼是這樣，所以我離開家，帶著我的打字機、寫稿簿和纖維水筆，住進了五月花酒店，每頓從酒店叫來番茄生菜醃肉三明治吃，直到寫完這章。

霍：你是否按著書中的次序寫小說？

桑：是的，我一章一章的寫，一章不完我就不開始寫下一章。開始的時候我感到很麻煩，因爲在小說的開頭我已經知道幾個主要角色在結尾的獨白裡要說什麼，但卻怕過早寫這些內容，以後就沒辦法回去寫小說的中間部分；同時，我也擔心等我寫到結尾部分時，某些相關想法或某些感覺已被遺忘。第一章大概有十四張打字紙的長度，卻花了我四個月的寫作時間，最後五章大約一百多頁的篇幅只花了我兩個星期。

霍：你在寫作開始之前，書的內容有多少已在你心中成形？

桑：一般先有書名。除非我已有了它的標題，我無法寫作。我有了獻辭，知道這本書將獻給我的兒子。我亦知道要在小說開始之前引述莫札特歌劇《善變的女人》（*Cosi fan tutte*）中的曲詞。當然我也有了故事的概貌和書的跨度，最有用的是我有對結構的很棒的想法。這個結構得自於一部我很熟悉的音樂作品：亨德密特（Paul Hindemith）的《四種氣質》（*The Four Temperaments*）。它是我看過多次的巴蘭欽（George Balanchine）[14] 最精采的芭蕾舞配樂。亨德密特的音樂有一個三重序曲，每個序曲都很短，接著是四個樂章：憂鬱、血燥、淡漠、憤怒。按著這個順序，我知道我也將有三個序幕，然後以四個部分來對應那四種氣質。當然我不會繁複到將我一至四章的發展順序也以「憂鬱」或「血燥」等名冠之。我已經知道所有這一切，加上小說最後結尾的一句話「讓他們永不超生！」(Damn them all)。自然我還不知道這句話將由誰來說出。從某個意義上，整部作品的任務是要寫出支撐最後這句話的內涵。

霍：似乎在開始寫之前，你已經知道了很多。

桑：是的，儘管知道這麼多，但仍然不清楚所有這些如何得以實現。我開始思索之時，《火山情人》這部作品應當屬於威廉・漢密爾頓(William Hamilton)這位迷醉於探索及觀察火山的收藏家。我稱他爲騎士。整個小說以他爲中心。沉靜的凱瑟琳（Catherine）是漢密爾頓的第一任太太，我本來想發展她這角色，讓她的戲份較人人熟悉的第二任太太愛瑪（Emma）更重。我知道第二位太太和納爾遜（Nelson）將軍的婚外情必須在小說裡呈現，但希望將此放置於背景中。三重序幕和第一部分——其憂鬱（我們或將其稱

14 俄裔的紐約芭蕾舞團創辦人（1904-1983）。

之爲沮喪）的主旋律的各種變奏：收藏家的憂鬱，從憂鬱中昇華出來的迷醉——都按著計畫進行。第一部分一直圍繞著騎士，但一開始第二部分，愛瑪就佔據了主導地位。從這個樂觀的、血氣旺盛的愛瑪到義大利的那不勒斯名副其實的血淋淋革命，是一個血的主題變奏。這一點使得小說轉入到更緊湊的敘事和對正義、戰爭和暴行的思考（小說由此也變得越來越長）。由第三人稱所做的主要敘事就此完成，小說的其餘部分由第一人稱繼續進行。第三部分非常短：騎士神智迷亂，「淡漠」地通過語言，演出他死前的彌留，其過程完全如我所設想一樣。然而我又回到了以騎士爲軸心的第一部分。許多意想不到的東西，我在寫第四部分的獨白——憤怒——時開始發現：女人，憤怒的女人，從陰冥發出的聲音。

霍：爲什麼要來自冥界？

桑：這是一個補充前文的虛構。這個虛構使她們迫切的、情切的、傷心的獨白更加令人信服。它相當於我的一段不經修飾的、直率沉痛的歌劇詠嘆調。讓我的每一個人物以描述自己的死亡來結束自己的獨白，這樣的挑戰我怎麼能抗拒呢？

霍：是不是整個創作過程中都想用女人的聲音作結？

桑：肯定的。我一直知道這本書將用女人的聲音來結束，用書中眾女的聲音。她們終於可以表白自己。

霍：表述一種女人的觀點。

桑：你是假定這裡有一種女人或女性的觀點，我可不這樣想。你的問題提醒了我。無論其數量多少，女人總是少數，總被文化塑造爲弱勢社群。正因爲女人是弱勢社群，所以我們將單一的觀點加諸她們。「上帝，女人想要什麼？」等就是一個實例。假定小說通過四個男人的話語來結束，這四種話語之不同如此明顯，大概不會有人覺得我提出了一種男性的觀點，這些女人的看法互異，正如我可能選擇四個男角色的觀點差距一樣大。她們每個人都以自己的觀點重述一遍已爲讀者聽過梗概的故事（或部分的故事）。她們都各自講出了一些眞相。

霍：她們有沒有任何相同之處？

桑：當然。她們通過不同的方式知道，這個世界被男人所操控。這些沒有選擇權的女人，對於那些觸及到她們生活的重要的公眾事務，她們提供了一種次等公民特有的洞察力，但她們講述的也不止是公眾事務而已。

霍：妳一直知道哪個女角會出現末篇嗎？

桑：我很快就知道，最初三個在冥界獨白的女人，將是凱瑟琳、愛瑪的母親和愛瑪。是在著手寫第二部分的第六章時，我正鑽研1799年那不勒斯的革命。這章是小說中敘事部分的高潮。此章結束之前有一個短暫出場的角色：埃莉奧諾拉・德・芳茜卡・皮門特爾（Eleonora de Fonseca Pimentel），藉此我找到了第四位也是最後的獨白者。找到她我終於明白那包未拆的禮物的內容，我尚未動筆之前就在腦海裡聽到的最後一句——「讓他們永不超生」——只有她有權將它道出。她生活中的那些事件，公開的，私人的，還有她慘酷的死亡，都根據歷史記載寫出；唯有她的信念和她的道德熱情是小說創作。對《恩人》或《死亡工具套》中的人物，如果我懷的是同情，那對《火山情人》中的角色則是愛（爲了在《火山情人》中有一個我不喜歡的人物，我不得不從歌劇《紅伶血》〔*Tosca*〕中借了一個反派人物：斯卡皮亞〔Scarpia〕）。我可以接受人物在最終，即小說的結尾處開始變小。在寫作整個第二部分第六章時，我想的是電影語言。記得六〇年代初的法國電影常用這種方式結束：長鏡頭慢慢拉後，人物朝屏幕的深處越退越遠，隨著字幕的出現，他們越變越小。在女詩人埃莉奧諾拉所提供的道德化的廣角鏡下，納爾遜、騎士和愛瑪應當被她用最嚴厲的方式加以審視。儘管他們都不算有好下場，但生前還算享盡種種好處。除了愛瑪之外，他們都算贏家，就是愛瑪也有過一段得意的好時光。故事最後的話只應由受害者的代言人說出。

霍：那裡面有那麼多的聲音，故事和故事中的故事。

桑：一直到八〇年代的後期，我在小說中，總是用一個主人翁的內心意識來敘事，它可以用《恩人》中的第一人稱，或《死亡工具套》中的第二人稱來表現。在寫《火山情人》之前，我無法允許自己只說一個故事，眞正地說故事，往往我只寫某人的意識的進程。關鍵是因爲我從亨德密特的作曲裡借用了其結構。我一直有個念頭，即我的第三部作品應該取名爲《憂鬱的剖析》（*The Anatomy of Melancholy*）。但我一直抗拒——不是抗拒虛構，而是抗拒那故事還未成形的小說。現在我已清楚地知道，我並不會眞的去寫它。一本在這樣一個書名庇佑下寫的書，等於是換一種方式說出《土星座下》。我過去大部分的作品著重的都是憂鬱，這人類古老的一種氣質，現在我不想只寫憂鬱了。音樂的結構——它的隨意而來的格式給了我更多的自由，現在我可以寫全部的四種氣質。

《火山情人》向我打開了一扇門，讓我的文筆投入之處更加寬闊。這就是寫作的巨大的搏鬥，爭取更多的渠道，更豐富的表達力。對不對？這裡我要引用菲力浦・拉金（Philip Larkin）[15]的一句話：「你不寫你最想寫的小說。」不過我覺得我越寫越接近了。

霍：似乎你的文章作家的衝動也匯入了小說形式內。

桑：如果你把《火山情人》中有關收藏的評論詞句串織起來，會得到一篇不甚連貫，充滿警句的文章。但與歐洲小說中心的傳統相比，《火山情人》中論文式的思索程度似乎相當有限。想想巴爾扎克、托爾斯泰和普魯斯特，或《魔山》這部可能是最強調思想性的小說，他們書中一頁接著一頁所發的長篇大論，也可以被輯錄出來當做論文。但是思索、沉思、向讀者直接發議論等手法完全是小說的原居民。小說是一條大船，我也不是藉此拯救我身上正日漸被放逐的文章作家，而是釋放出小說家的自我之時，讓文章作家成爲小說家的一部分。

霍：你是否要做很多的研究？

桑：你的意思是閱讀嗎？自然有一些。做爲一個自己脫下學者制服的人，我發現寫作一部根植往昔的

[15] 英國詩人暨小說家（1922-1985）。

小說所需要的閱讀是很愉快的。

霍：爲什麼小說要選擇歷史背景？

桑：爲了擺脫與有些感覺相關的限制，如我的現代意識，我對如今我們生活、感受和思想那種日益退化、缺乏根基的方式的意識。過去要比現在更遼闊，儘管現在總是在小說中存在著。在《火山情人》中，敘事的聲調是非常後二十世紀的，其關懷也是後二十世紀的。我從來不會想到去寫「你就在那裡」形式的歷史小說。當然榮譽猶關，我必須將小說中歷史性的實質盡量寫得結實、精確。那甚至還會予讀者感到更遼闊的空間。我正在寫的小說《在美國》，是決定再給自己一次機會在歷史中遊戲，但我不肯定這次是否有類似的效果。

霍：時間定在哪裡？

桑：從十九世紀七〇年代中一直到十九世紀末。像《火山情人》，它也有實事背景——一位已享盛名的波蘭女演員帶隨親眾離開波蘭到南加州建立了一個烏托邦社區。我的主角們的人生態度對我而言，是一種很棒的可說是維多利亞時代的異國情調，但他們抵步所見的美國卻沒有這種情調。雖然我曾覺得寫一本有關美國十九世紀末期的書，其感覺之遙遠如同十八世紀時的那不勒斯和英國。但並非如此，美國的文化態度存在著一種令人驚奇的連續性。使我不斷驚訝的是，托克維爾（Alexis de Tocqueville）[16]在1830年代早期所觀察到的美國，到了二十世紀的末期，儘管地理和人種的構成已全然改觀，但其大部分的結論卻依然有效。這似乎像你更換了刀鋒和刀把，但刀仍是原來的那把一樣。

霍：你的戲劇《床上的愛麗思》，寫的也是十九世紀末期的感覺。

桑：是的，愛麗絲・詹姆斯（Alice James）加上十九世紀最有名的路易斯・卡洛爾（Lewis Carroll）寫的漫遊仙境的愛麗絲。我當時正在義大利執導皮藍德婁（Luigi Pirandello）[17]的戲《如你對我的渴望》（*As You Desire Me*），一天在戲中演主角的愛德麗娜・阿斯娣（Adriana Asti）用了一種好玩的口氣問我：「請爲我寫一齣戲，但記住，我必須一直在舞台上。」隨後愛麗絲・詹姆斯——她那受挫作家、職業病人的形象進入了我的腦海。我在現場編出了劇情，並告訴了愛德麗娜。但把它眞正寫出來卻是十年之後的事了。

[16] 法國十九世紀著名史學家（1805-1859），政治哲學經典《民主在美國》（*Democracy in America*）的作者。

[17] 義大利劇作家（1867-1936），1934年諾貝爾文學獎得主。

霍：你會寫更多的劇作嗎？你一直參與劇場製作。

桑：是的，我能聽到各種聲音，這是爲什麼我喜歡寫劇本，我大部分時間是在戲劇藝術家的世界中度過的。在我非常小的時候，只有通過表演，我才知道怎樣置身於舞台上所發生的劇情之中。十歲時，我在社區劇場安排的百老匯劇裡演一個小孩的角色（這是在圖桑〔Tucson〕[18]）；在芝加哥大學的學生劇場裡，我也是個活躍分子，演索福克勒斯和莎士比亞的戲。二十多歲時還有陣子於暑期往度假鎮演話劇。後來我停止了。我更願意導演戲劇（儘管可以不是自己的作品），或拍電影（我希望拍出比我1970至1980年初在瑞典、以色列和義大利自編、自導的四部電影更好的作品）。歌劇我還沒有導過。我十分傾心於歌劇。它的藝術形式能最經常地和預期地讓人心醉神迷（至少對我這歌劇迷來說是如此）。歌劇也是《火山情人》創作靈感的部分泉源：不僅一些故事來自歌劇，還有書中歌劇式的激情。

霍：文學會讓人狂喜嗎？

桑：當然，但不如音樂或舞蹈那般可靠。文學還

18 美國亞利桑那州主要城市。

有別的目的。一個人選書要嚴，一本書的定義是它值得再讀一次。而我只要讀我還會再讀的書。

霍：你曾重讀自己的作品嗎？

桑：除了核對譯文之外，不會。對已經完成的作品，我既無好奇，也不依戀。我大概是因爲不想再見到它們永遠不變的樣子。我總是不願重讀十年以前寫的作品，是怕它們毀掉我在寫作上不斷會有新起點的幻覺。這是我身上最美國化的地方，覺得永遠還會有一個新的開始。

霍：你的作品是如此多樣化。

桑：作品應當彼此不同，當然其中存在著某種氣質和專注的統一性。某些困境，某些反覆重現的情感，比如熱情或憂鬱，還有對人的殘暴所抱的執著的關注，不管這種殘暴表現在私人關係裡還是在戰爭中。

霍：你是否以爲你最好的作品尚未問世？

桑：我希望是，也許……是的。

霍：你常常爲自己的書而考慮讀者嗎？

桑：不敢，也不要。但無論如何，我寫作不是因爲有讀者，我寫作是因爲有文學。

文學・作者・人

——與蘇珊・桑塔格對話

A CONVERSATION
WITH SUSAN SONTAG

訪談◎貝嶺、楊小濱

翻譯整理◎胡亞非

本文原刊於1997年總第10期《傾向》文學人文雜誌。

1997年8月的一個下午，貝嶺和楊小濱前往桑塔格位於紐約市曼哈頓中下城可以俯瞰東河的高樓頂層寓所採訪了她。在歷時兩小時的訪談中，桑塔格女士有備而答，並對訪問者的追問予以敏銳和感性的回應。在訪問後的近半年中，根據錄音整理的英文稿經由桑塔格女士親自審閱和校改，許多對話內容曾經過雙方的補充和增刪。值得注意的是，蘇珊・桑塔格對於所謂「前衛作家」、「前衛文學」、「後現代」、「後現代主義」，甚至知識分子在歷史中的角色和應起的作用有著毫不含糊的看法。應該說，這是一篇難得的訪談錄。

貝：據我所知，您既不是一個學院派的文學理論家或批評家，也不是單純的小說家。您在當代西方的文學及思想文化領域裡扮演著多種角色。我們認爲您是一個特立獨行的知識分子，您認可嗎？

桑：我不知道我是否能夠回答這些問題。我只能說我不用「知識分子」（intellectual）這個詞來描述自己。這個標籤是一個社會學的標籤，還帶有很具體的歷史背景，在十八世紀下半葉以前，沒有人把作家和學者稱做知識分子。毫無疑問，這個標籤是不適合於我本人的。其實應該這樣說——關鍵在於——我不這樣看自己，我不從外在看自己。我是在我的作品中，或通過我的作品看自己的。

楊：如此看來，您把知識分子這個稱號視爲一種外在於寫作的符號。如果非要符號化不可的話，您會如何定義自己或將自己歸類？

貝：我記得您在1993年回覆我的信件中特別更正了我稱您爲「作家」（writer）和「批評家」（critic）的說法，而稱自己爲「小說家」（fiction writer）和「文章作家」（essayist）。

桑：我不想給自己貼標籤。但是，如果我必須給自己歸類的話，我寧願要一個較爲中性的標籤。我認爲自己是一個作家，一個喜歡以多種形式寫作的作家。我最鍾情的是虛構文學。我也寫過劇作。至於非虛構文學，我覺得自己不是理論家或批評家。我覺得自己是文章作家。文章（essay）對我來說，是文學的一個分支。我最感興趣的是大量的、各種形式的、使我能夠感到自己有創造力、自己能做貢獻的活動。大概我所缺席的唯一主要的文學形式是詩歌。我也寫詩歌，但我從未發表過詩歌。我覺得我的詩不夠好。我想做一個值得讓人一讀的作家，我想以最好的方式發揮我的才能。

楊：有關知識分子這個問題是出於這樣一個事實：一些有責任感的中國作家更願意把自己看做知識分子，因爲他們一方面試圖把自己跟依附於權勢的或超然於塵世的傳統文人分開，一方面也試圖同市場化的作家，如寫流行歌詞、恐怖故事和肥皂劇的作家區分開來。您怎樣看待您自己和這些作家之間的不同呢？

桑：這是一個標準或水平的問題。這得從有一個叫做文學的東西開始說起，這個文學的大部分作家都已作古。後人是一個既殘酷無情又準確無誤的判官。每一代人都湧現很多很多作家，這其中有少數相比較而言算是好的，而只有極少數才是眞正優秀的。只有這眞正優秀的一群才得以不朽，其他則全部被淘汰。

所以，我們現在就有可能追溯到幾千年以前的偉大作品。我用歷史上最優秀作品的標準（這些作品無愧於不朽）衡量自己的作品。這就使我覺得謙卑，也相對地使我不屑於關注其他人的活動，或不屑於關注什麼更符合風尚並因而更有利可圖。

楊：聽您說您怎樣看待過去，很有意思。這使我想起許多作家，尤其是二十世紀的前衛派（avant-garde）作家、藝術家甚至電影導演（包括中國和西方的），抱怨自己的作品不爲現在的讀者所理解，並聲稱自己的作品是爲下個世紀所寫的。

桑：我覺得這是一個愚蠢的說法。這不是一個能否理解的問題。所謂的前衛派作家完全是可以被讀者理解的。也許他們把是否被理解的問題與是否擁有眾多讀者的問題搞混了。實質問題在於：他們是否眞正優秀？

楊：過去和現在的大多數前衛派作家始終努力與經典和傳統決裂，除了像T. S.艾略特等極少數人外。這顯然是一廂情願，有時僅僅是流於一種姿態。

桑：因爲他們充其量是一群無知的粗野文人。十九世紀和二十世紀初，有過偉大的文學改良者，他們不可忽視的一個成就是他們完全吸收了他們正在掙脫的傳統。現在大多對傳統的反叛行爲都來自那些不知傳統爲何物的人。越來越多的所謂前衛派不過是時尚文化、商業文化和廣告文化的一個分支。這種蔑視傳統和向傳統挑戰的刺激行爲成了一種陳詞濫調，敗壞之極。我並不是說，我們必須回到傳統之中去。有很多可做的事，但不應以對抗傳統或對傳統持敵意的形式進行。那樣就是無知、野蠻。我們不需要文學來顯示無知、野蠻，我們已經有電視在這樣做了。

貝：在當今時代，「知識分子」這一概念應有其特別的所指。知識分子意味著獨立，而不是依附於權力，或獻策於得勢者。他應對於國家及得勢者有公開的批判及審視。他應是所在社會中的異議分子。當年在捷克共產主義制度下的主要異議者哈維爾（Vaclav Havel）對此的表達十分清晰，他強調：「知識分子應該不斷使人不安，……應該因獨立而引起異議，應該反抗一切隱藏著的或公開的壓力和操縱，應該是體制的和權力及其妖術的主要懷疑者，應該是他們謊言的見證人，一個知識分子不應該屬於任何地方，他不管在哪兒都應該做爲一個刺激物，他不應該有固定的位置。」我想，不管是極權制度，還是西方的民主制度，在任何制度下，眞正的知識分子都該有這樣的自省。

桑：但是有一點是肯定的：大多數知識分子和大

多數人一樣，是隨大流的，在蘇聯政權七十年的統治中，大多數知識分子都是蘇維埃政權的支持者，或許最優秀的知識分子不是支持者，但那只是極少數，要不然怎麼會有作家協會、藝術家協會、音樂家協會等組織呢？甚至連巴斯特納克（Boris Pasternak）[1]和蕭斯塔柯維奇（Dmitri Shostakovich）[2]都下過保證。在三〇年代有多少俄國作家、畫家和藝術家受到殺害，一直到德國入侵俄國爲止。當然，知識分子的歷史中也有英雄主義的傳統，這在現代獨裁政權統治下顯得更加光榮，但是我們不能忘記，大多數藝術家、作家、教授——如果你用蘇聯的定義，那還得加上工程師、醫生及其他受過教育的專職人員——都是相當會隨大流的。

我覺得把知識分子和反對派活動劃等號，對知識分子來說是過獎了，在上一世紀和這一即將結束的世紀，知識分子支持了種族主義、帝國主義、階級和性別至上等最卑鄙的思想，甚至就連他們所支持的可能被我們認爲是進步的思想，在不同的情形下也會起本

1 俄國文學家（1890-1960），《齊瓦哥醫生》作者，諾貝爾文學獎得主。

2 二十世紀最重要的俄國音樂家之一（1906-1975）。

質的變化。讓我來舉一個例子，十九世紀，許多中歐和東歐的作家、詩人、小說家和散文家都在闡明民族主義理想的戰鬥中衝鋒陷陣，那些民族主義理想那時被看做是進步的、甚至是革命的。又比如，支持新的民族國家的產生曾代表了古老的團體和語言組織的利益，它通常伴之以對當政的權威集團及對審查制度的反抗，但到了二十世紀下半葉，民族主義大多數表現爲一種反動的、經常還是法西斯式的態度，所以，民族國家的理想含義隨著世界歷史進程的變化也起了變化。

楊：我非常同意您的這一說法，當今的中國也是如此。最具諷刺意味的是，當今中國的民族主義試圖同時興的多元文化主義掛鉤，但民族本身做爲一元化的實體，實際上成爲壓制做爲個人的多元主義的基礎，或者說，那些維護民族「獨特性」的「知識分子」有意無意地忘記了，這種官方倡導的「獨特性」不外乎是對個人獨特性的壓制和剝奪，但無論如何，您似乎在理念上仍然懷有「知識分子」的概念，只是這個名稱給敗壞了，您理想中的知識分子的作用是什麼？

桑：知識分子的作用是向人民揭示事物更加眞實的一面，也就是事物更加複雜的一面，這一點始終是這樣的。我們正在被簡單化和神祕化包圍、淹沒，許多謊言是徹頭徹尾的謊言，但這些謊言常常是被簡單化和被神祕化了的。我堅信，人必須警惕「將事物簡單化以得人心」這種恆常的誘惑，一旦你將事物簡單化了，你就不是在說明眞實了。

楊：毫無疑問，知識分子在很大程度上參與了您所說的將事物簡單化的文化政治潮流，在二十世紀的中國，最大的簡單化潮流是對歷史的簡單化。西方的現代性觀念，包括線性歷史論觀念成爲理解歷史的基礎，在這個方面，知識分子和當權者對此都深信不疑。這也是爲什麼當今知識分子的自我批判顯得格外重要，因爲現代性的觀念同中國傳統的集權制度結合起來之後，在很大程度上決定了一切具體的、個體的、不能統攝的事物遭到無情的一元化，中國過去的革命和當今的改革都是建立在這樣一種簡單化的歷史模式上的，而這種模式的威脅在於它不允許任何獨特的或出軌的事物。甚至，在宏大歷史的名義下，一切邪惡，包括屠殺、迫害或者貪污腐化，從現代性歷史的角度都是可原諒的。但是，到了「後現代」的狀況下，我們是否就應當徹底拋棄意義與價値，徹底拋棄歷史目的論呢？這顯然陷入了另一種簡單化的危險，如果我沒有理解錯，您對當今所謂「後現代」的文化形態並不持有肯定的態度。

桑：人們所說的「後現代」的東西，我說是虛無主義的，我們的文化和政治有一種新的野蠻和粗俗，它對意義和眞理有著摧毀的作用，而後現代主義就是授予這種野蠻和粗俗以合法身分的一種思潮，他們說，世間根本沒有一種叫做意義和眞理的東西。顯然，我對這一點是不同意的。

再重複一遍，知識分子的正面作用是申明選擇性和與知識界削減眞理的行爲及流行的謊言做鬥爭，這一點即使在像美國這樣並非專制主義結構的、個人可以隨意發表言論的國家也同樣必要，在這裡也還有很多反抗性的工作需要知識分子去做，當然，冒險的程度不同，懲罰的輕重不同，活動的內容也不同。另外，假使有更多的知識分子做了賽門・雷斯（Simon Leys）[3]在1970年去中國時所做的那一切，該有多好！他使人們對自己的輕信、幼稚和不關心政治的行爲感到羞愧，那是一件好事。

貝：我注意到您在幾年前曾特別談到知識分子在二十世紀末的世界性困境。您認爲：「知識分子的聲譽將會走下坡，依據知識分子的思考所建立的價値也將衰微。雖然知識分子的階層不會完全消失，因爲總

[3] 即Pierre Ryckmans，澳大利亞研究中國歷史的學者。

是有人喜歡思索和研究，但這些人會變得越來越不重要。」而這種情形在當今的中國變得更爲明顯，對財富和金錢的追逐成爲沒有文化和出版自由的政治控制下人們欲望唯一的排洩口。我記得，您甚至在七〇年代末爲華特・班雅明（Walter Benjamin）的文集《單向街及其他》（*One Way Street and Other Writings*）作序時，就沉重地將班雅明稱爲「這個歐洲最後的知識分子」，在那個時代他是站在最後的審判面前……

桑：不對，我沒有那樣稱他。那是刊登那篇文章的雜誌編輯違背我的意願硬加的一個題目，我的題目是一個我非常喜歡以至於將它用於爲班雅明文集作序的題目，叫做「土星座下」（Under the Sign of Saturn），是意指憂鬱情緒的，指他的、也指我的憂鬱型氣質。現在看來，班雅明本人確實是生活在末日的標誌之下的，這一點是千眞萬確的了，造就他的舊歐洲已經遭到了第一次世界大戰及其後果的致命破壞，他堅信，所有舊的價值體系與文化結構都正在被摧毀，事實上，它們是被摧毀了，所以，他也就同時認爲自己也屬於那在結束的一類。

然而，雖然班雅明肯定不是最後的知識分子，但是允許他的活動存在的那個文化環境已經大體消失了，這一點是確實的。當今的文化環境對班雅明從事的那種精神活動極爲不利，而且變得越來越不利，順便說一句，我也被人稱做最後的知識分子，經常有人這樣說，但班雅明不是，我也不是。

我認爲，許多宣稱小說的末日、音樂的末日、藝術的末日、文化的末日、作家之死或知識分子之死的聲音是得勝的新虛無主義自鳴得意的同謀。

楊：從您剛才的談話來看，您似乎仍然認爲自己是啓蒙運動傳統的一部分，是這樣嗎？

桑：對，我還被人稱做最後的啓蒙運動的知識分子。是的，與所有的時尚背道而馳，我的確相信啓蒙運動的規劃，當然我說的是一個現代版的啓蒙運動規劃。跟十八世紀意義上的規劃不同，要回到十八世紀意義上的啓蒙運動規劃是不可能的。我力圖理解我所生存的世界，我的思維很具體，也很實際。我用具體的歷史現實衡量我的一切思想和行爲。

楊：不少現代思想家都已對啓蒙的觀念提出了挑戰，比如霍克海默（Max Horkheimer）和阿多諾（Theodor W. Adorno）對啓蒙觀念包括工具理性的危險性的警告就是一個著名的例子，啓蒙對理性的過於信賴也使人們忽略了對理性主體的自我反思和批判。

桑：那並不是一個新觀點，馬克斯・韋伯（Max Weber）對同一個觀點有更好的說明，他說理性主義已經被現代社會所破壞，已經被技術和官僚化所劫掠和腐蝕，他說我們現在所有的是殘忍無情的理性主義，當然，這個觀點有它的道理，但那不是我所說的理性的思想或啓蒙運動，在我看，最大的危險在於拋棄理性這類行爲佔了上風，這表現在人們對「軟性」問題的思考上，像個人、身體、文化、社會等這類「軟性」問題，這還不包括眞正的東西，像掙錢、技術等。現在最盛行的是對理性本身的反抗或反感，最近我聽到名牌大學教授在人家指出他的觀點有邏輯錯誤時大叫著回答：「噢！別拿理性來嚇唬我！」我覺得這很令人驚奇。在以前，如果有人指出你的觀點有矛盾和謬誤的話，你就會反省自己的觀點是否有毛病的。

所以，一方面，人們的生活越來越被官僚結構和國際金融資本主義的威力所控制，而官僚結構和國際金融資本主義的威力又僅僅按超理性的模式行事；另一方面，在其他人們覺得不必使用官僚、科學和技術標準的領域裡，人們也越來越常拋棄理性的標準。

楊：您對非理性的質疑同您最初的論述是否有所差異？不少人認爲您最有影響的文章之一〈反對詮釋〉（Against Interpretation）是一種對「將意義理性化」的反抗。如何歷史地看待您在文章最後提出的情色（感性）美學對釋義（理性）美學的反抗？

桑：〈反對詮釋〉寫於三十多年前，我寫這篇文章的目的是反對簡化了的對藝術作品的解釋，尤其是那些社會學的、心理學的和佛洛伊德式的簡化。我的論點是，一件值得認眞對待的藝術作品首先應該以其做爲藝術作品的自身而被評價，而這樣的評價則總是導致全面而複雜的描述。我認爲，藝術不是一種你可以翻譯或破譯的東西，觀賞藝術品這一經歷的目的不是爲了說出其「眞正的意義」，所以說，我的文章是反對簡單化，它不是反對理性，或反對意義的，甚至更廣義地說，它也不是反對詮釋的——因爲尼采說：「一切思考都是詮釋。」我的文章反對的是當時風靡一時的把藝術解釋成別的東西的現象。

楊：做爲一個有影響的批評家（也許您自己拒絕這個稱號），您對當前盛行的文化理論，比如後現代主義和後殖民主義，有沒有什麼具體的看法？

桑：如我所說，我更感興趣的不是理論，而是基於描述眞實的全面解釋，即參考了歷史的全面的解釋。每當我想到什麼的時候，我就問自己，這個字的來源是什麼？人們是從什麼時候開始使用它的？它的歷史是什麼？它的中心詞義是什麼？它被發明出來所遮蔽或超越的觀念是什麼？因爲我們所使用的一切思想和主義都是在一個特定的時間被發明的，記住這一點很重要。

讓我舉一個例子，比如我們在說「我們必須反對技術以保護自然」的時候，我們就在再造「自然」這個詞，看上去這是不言而喻的：一個可以涉及植物、動物、鳥類、人、自然生長的食物和自然環境等的詞。其實不然，如果你去問柏拉圖或亞里斯多德，一隻羊、一條河、一棵樹和一座山之間有什麼共同之處，他們會啞口無言，他們的「自然」和「自然的」的概念跟我們是不同的。

因此，當我聽到所有這些以「後」字開頭的詞時，我問自己的第一個問題就是，人們是從什麼時候開始變得這麼喜歡用標新立異的方法來描述現實的呢？我不想在此回答這個廣義的問題，你已經從我前面的談話知道了我對「後現代主義」是什麼這個問題的看法。

至於你所說的「後殖民主義」，我想你是說後殖民時期歷史的研究，如果其研究工作是具體的、描述性的和基於對歷史的深刻理解的，那是沒有問題的。然而，我的印象是，總的說來這些新理論正在使人們脫離具體的歷史現實及問題，它們正在教會人們對事物做慣性思考，而不對任何事物進行批評（除了對西方帝國主義)。

楊:傳統上,社會責任感是中國文人學士共同擁有的基本原則,然而,爲社會服務,一般來說除了意味著爲政治權力服務以外,別無他義,而西方知識分子呢,近來則被人說成是製造了所謂知識的權力,這個知識權力相應於國家機器權力,成爲另一種形式的壓迫或強制。因此,就有了這樣的困境:發揮社會職能會被理解爲行使知識權力或將這一權力強加於人,這樣的話,知識分子究竟應該對什麼負有責任?

桑:我不能同意你所提到的那些,那些只是空洞的理論,知識沒有過錯,問題是:什麼樣的知識?眞正的知識可以解放人,它使人接觸現實,使人看到事實眞相,使人接觸自己的時代、自己的良知,這種知識是應該爲人們共有的。賽門・雷斯揭示了七〇年代時中國的現實,而很多西方的訪問者從中國回來卻重複著謊言,前者給人的知識比後者更使人豁然,而非使人受到壓抑。

當然,知識也是一種力量,也有用知識壓迫人的方法,這是人人皆知的,讀讀蒙田(Michel de Montaigue)[4]就知道了。關鍵在於,知識是一種可以

[4] 法國文宗(1533-1592),以《蒙田隨筆》(*Essays*)傳世。

用來揭示眞理的力量：知識可以指引、可以糾正、可以深化。

楊：歷史地看，的確有虛假的知識，也就是後來被證明是不準確的和錯誤的知識，這樣，剩下的問題是，我們怎樣才能知道我們目前所具有的知識是眞理呢？如果對知識本身不具反省的話，我們是否會犯另一種將知識或眞理絕對化的錯誤？我想，如果知識分子一詞還有什麼最終的意義，那就是它包含的自我質疑的精神，包括對知識本身。

桑：誰都知道有虛假和謬誤存在，歷來都是這樣，你好像把這說成是一個現代的發明了，好像需要一個傅柯（Michel Foucault）才能指出這一點似的，知識不僅僅是闡明某個事實的問題，我們應當不斷地用直接經驗和歷史材料的細節來驗證它，我用很多方法來驗證我的知識，如尋求歷史的記載及證明、閱讀、談話和親自觀察等。我認爲，如果你是博學的、公正的、又是極爲嚴肅認眞的，那揭示眞理並不困難，至少是揭示部分眞理並不困難。

就說一個外國人吧，他從來沒去過中國，卻說了一些有關中國的話，你知道那是不眞實的，一點兒也不難理解你爲什麼知道那是不眞實的。「外面」有一種對關於中國的言論的確認，這些不但取決於你對中國部分現實的了解，也取決於你對權力是怎麼起作用和官僚體制是怎麼起作用這一點的了解。人到了一定的成熟程度，就可以獲得對社會運行、機構運行和人類本性這類問題的理解，世上存在著無盡的經驗、信息和記錄，一切都必須以這些具體的現實爲標準來加以驗證。

因此，人是可以獲得知識的，雖然這可能是狹義的知識，它取決於個性、氣質和才能。我不是說這很容易，人可以愚蠢地思考，也可以聰明地思考。智慧不是人人都有的特質。

貝、楊：我們對您第一次直觀的印象，是幾年前美國廣播公司（ABC）晚間電視新聞對您在前南斯拉夫塞拉耶佛（Sarajevo）內戰前線導演《等待果陀》（*Waiting for Godot*）的特別報導。不管知識分子對於媒體懷有怎樣的愛憎，傳媒已深度介入了人類的生活。是什麼促使您在塞拉耶佛上演《等待果陀》這齣劇的？爲什麼會選擇《等待果陀》這個劇目呢？從某種意義上說，那是一個主題是關於絕望的劇作，華特，班雅明可能會說，從絕望中可以產生救助。您可能也已讀到過尚・布希亞（Jean Baudrillard）對您這個西方「人道主義者」在這一行爲中所表現出來的「屈尊姿態」的指控吧，您對此有何評論？

桑：尚・布希亞是當代最狡黠的虛無主義思想家，他從未去過波士尼亞，也從未經歷過任何戰爭，他對政治完全一無所知，除了他自己的那些惡毒的想像以外，他對我在塞拉耶佛所做的一切一無所知。你得明白我並不是有一天正坐在紐約，然後突然決定要去塞拉耶佛上演貝克特（Samuel Beckett）這齣劇的。塞拉耶佛1993年4月被圍的時候，我在那裡住過一、兩個星期，後來我決定要回到塞拉耶佛去，在那裡工作和生活一段時間，然後我問人們，我能做些什麼？我告訴人們，我能寫作，我有醫藥知識並可以在醫院做護理工作，我會拍電影，我能教英語，我能做戲劇導演等等。那裡的戲劇工作者說，你能不能導演一齣劇？我說能，至於選劇本的問題，我推薦了幾個劇目，《等待果陀》是其中之一，塞拉耶佛戲劇界邀請我跟他們一道工作的人說，我們就演《等待果陀》。

貝：那是一個主題十分明確的劇作，也是一齣具有偉大象徵寓意的戲劇。當時，波士尼亞地區正在遭受種族屠殺，被圍困的塞拉耶佛人處在深深的絕望之中，被人類供養了幾十年的聯合國遲遲未能盡快干預及制止那場殘酷的內戰，那些水深火熱之中的人民像「等待果陀」般地等待聯合國軍隊的前來。您在那裡導演《等待果陀》加深了世人對這一悲慘地區人民的關注及對聯合國更強有力的督促。假如文學可以對人類產生影響的話，貝克特的《等待果陀》就是最好的例子。而像您所做的，也正是稱之爲作家責任的東西。

桑：布希亞對我的攻擊最惡毒之處就是他全憑想像，說我是「屈尊」，其實正是他流露出自己那種典型的歐洲人對東歐塞拉耶佛人的「屈尊」態度，他猜想我準是覺得自己在帶給塞拉耶佛人一些他們過去不懂的東西，可是，就在一個沒電、沒水、沒暖氣、沒食物、且人們每時每刻都在槍林彈雨下冒著生命危險的這樣一個城市裡，在敵人的包圍下，卻有一個劇院，點著蠟燭的小型劇院是人們可得的少有的娛樂形式之一（當時沒有電視，沒有夜生活，沒有體育活動，也不再有歌劇了）。貝克特在前南斯拉夫是人人皆知的，他們之所以選擇了《等待果陀》的原因是他們熟悉這個劇目。

這絕不是施行「人道主義」，是他們告訴我，他們急於另找出路。因爲許多人都離開了，音樂家走了，舞蹈家走了，畫家也走了，只有演員還在。因爲一個演員要在外國謀生就要說外語，那是幾乎不可能的。人們沒有任何可以娛樂的東西了，在槍彈的恐嚇和無聊的包圍下，人們都快瘋了。

我應該加上一句，1993年夏天《等待果陀》的上演絕不是在匆忙中所做的一個姿態。我在決定了要自願去塞拉耶佛生活一段時間（不是一天，也不是一週，有時候是好幾個月）以後，搞了好幾個不同的項目，《等待果陀》只是其中的一個，後來，我在塞拉耶佛出出進進有三年。

楊：一個旁觀者或許可以輕而易舉地說，那樣的舉動像是一個高高在上的救贖者所扮演的角色。

桑：旁觀者？哪兒冒出來的旁觀者？巴黎的小咖啡店裡冒出來的，還是麻省劍橋公寓裡冒出來的？假如去過塞拉耶佛，或去過任何一個人們在忍受著同樣痛苦的地方，就不會產生這種玩世不恭的或天眞的問題。如果有人看到路上的行人摔倒了，並扶起他來，你會想到他們的關係是救世主和被救者的關係嗎？這種花裡忽哨的言辭正是當今那種使人們猶疑於慷慨行爲的思潮的一部分。誰也不是救世主，誰也不是被救者，一個民族成爲不公正的犧牲品，你把自己的生命搭進去，以表示你是他們的同盟者。

貝：大多數西方的知識分子，甚至其中最優秀的，對包括中國在內的東方都不甚了解，至多一知半解，例如羅蘭・巴特筆下的《符號帝國》（*L'Empire des signes*）。您對中國有特殊的感情，您剛才對共產主義制度下的知識分子特別是作家的見解確實敏銳，您對中國的過去和現在有自己的觀察和看法嗎？

桑：我當然會覺得與中國有特殊的聯繫，我的父母在那兒住過，我的父親是在那兒去世的。

貝：我的印象中您父親在中國住了很久，這是否也是您對中國歷史和文化特別關心的原因呢？

楊：您好像還差點兒就生在中國，是嗎？

桑：是的，可惜他們在我出生前幾個月就回美國了，我出生不久，他們就扔下我又回到了中國。但是，即使沒有這些奇奇怪怪的個人經歷，我也會注意在中國發生的一切，一個對世界感興趣的人怎麼能對中國不感興趣呢？

然而，在對事物感興趣和有權對事物發表公開言論之間還有一個很大的距離。我讀了我所能讀到的關於中國的書，我有很多很多關於中國的過去和現在的書，可是，我覺得我還是沒有權利對一個我沒有直接經驗的國家發表公開性言論。我去過中國兩次，一次是在1973年，待了一個月。另一次是在1979年，又待過一個月。

貝：近二十年來，在專制的政治控制下，中國共產黨及其政府幾乎全面引進了資本主義的商業制度，並導致了整個中國社會中個人對財富的瘋狂追逐，在大多數的城市和沿海地區造成了前所未有的庸俗和畸形交織的商業繁榮，和前蘇聯及東歐當時的極權共產主義制度頗不相同。中國這種專制統治和商業化的雙重結合似乎成功地強化了共產黨在統治上的權威，並產生了一種人類歷史上前所未有的四不像式的社會形態。您怎樣看待這一奇特的歷史情景？

桑：我想過這個問題，傳統的專制政權不干涉文化結構和多數人的價值體系。法西斯政權在義大利統治了二十多年，可它幾乎沒有改變這個國家的日常生活、習慣、態度及其環境，然而，一、二十年的戰後資本主義體系就改變了義大利，這個國家幾乎是面目全非了。在法西斯、蘇維埃風格的共產主義，甚至納粹政權的統治下，多數人的基本生活方式仍然植根於過去的價值體系中。從文化的角度講，資本主義消費社會比專制主義統治更具有毀滅性，資本主義在很深的程度上眞正改變人們的思想和行爲，它摧毀過去，它帶有深刻的虛無主義價值觀。這有點兒自相矛盾，因爲專制國家的人民歡迎資本主義，這是可以理解的，他們以爲他們會更加富有，他們的生活水平會提高，這一點在中國比在前蘇聯好像實現得好一點兒，但是，和走向繁榮之機會一同來到的還有對文化的最激烈的改變，人們願意把自己的生活和價值體系徹底摧毀，這個資本主義商業文化眞是不可思議。它可能是有史以來最激烈的社會思潮，它比共產主義來得更加激烈，從文化的意義講，共產主義算是保守的。

當然，什麼制度也不會永遠存在，但暫時，也許要好幾十年，還沒有其他的選擇，這麼說吧，得有一個近乎全球生態方面的災難才能使人們重新考慮新的世界制度（我們可以說「世界制度」，這在人類歷史上還是第一次）。資本主義文化，即物質的動力及其一切的標準，正在世界上全面獲勝。

楊、貝：同時，中國的資本主義和西方國家的資本主義也相差甚遠，從最實際的層次說，這是一個政權試圖利用大規模的商業化來把其人民從對個人的生存、對生命的眞正價値、對社會歷史的思考上引開，以避免思想失控，而這是否造成了另一種道德的失控，歷史還在證明的過程中，而更深一層的含義是，不計後果的現代化仍然是一種（儘管是另一種）一元化的、集體的、權威的、不容置疑的社會意識形態，而所有的惡都可以看做是完成歷史使命的必要手段（有時是所謂「初級階段」的必經之路）。漢娜・鄂蘭曾指出，一切極權主義都是目的論的，使惡得以有生存的理由，無論如何，一切都是在政治權威的把玩之中，中國的資本主義化是最値得探討的複雜情形，任何簡單化的標籤都會有極大的危險。

桑：當然，專制統治下的資本主義必然是不同的，而中國又有一個極爲苛刻的專制政府。可是文化的改變依然會發生，中國人會不想吃中國飯，而想吃麥當勞的飯，諸如此類，不一而足，人們通常想當然的事物和價值體系也會變，中國政府相信自己能把文化的改變控制起來，官方仍在大放有關反對文化污染的言辭，可是，這種污染是很難禁止的，它有它自身的邏輯和它內在的必要性，當然政府可以仍舊控制電視，但沒有更多的交流上的自由，就不會有一個正常運行的資本主義社會，你們好像覺得你們國家的政府那麼頑固，要改變幾乎是不可能的。是的，中國是一個大國，一個古國。中國有許多文化的沉積，特別是在遠離沿海地區的內地。但是我仍然以爲，中國政府採用了資本主義，由此引發的變化將會使你們吃驚，你們那流亡的一代中的某些流亡者會在未來的中國政府中成爲政府要員，我覺得這完全是可能的。

楊、貝：的確有不少「異議分子」正在如此指望，但傳統中國文人企圖通過從政來達到治理國家的目的，往往最終僅僅成爲國家體制及權力的附庸，至少我們還沒有看到在中國有哈維爾那樣的文化精英式的獨立政治家，而做爲獨立的知識分子，權力體制之外的知識分子，不斷保持批判性的知識分子，還能有什麼眞正的影響力嗎？

桑：用頭腦來思考和批評永遠是可能的，也許從社會學的角度講，這些活動看上去不過是邊緣性的，這歷來如此，但最終這些活動仍舊會產生巨大的影響。佛洛伊德的第一部，也許是最重要的一部著作《夢的解析》就花了十年的時間才在1900年出版並將首次印刷的六百本銷售完畢。你看佛洛伊德的思想產生了多大的影響！不能用大眾文化的標準來衡量思想及不同觀點的傳播，然而，這正是眼下正在發生的。

對我來說，現在我思想上的敵人和我三十多年前剛開始出書時的是很不一樣了，現在的人比過去的人對一切更抱持懷疑諷刺的態度。資本主義思想眞正地扎根了，當今最時髦的理論多數是那些促使人們拋棄道德責任感、藝術家之責任感及對任何事情高標準的所謂「精英階層」的理論，除了對機器和市場的敬畏，什麼都不存在了。

楊：不幸的是，「精英階層」這個詞現在已經成了一個貶義詞了，大眾，一體化的大眾，被看做權威的對立面，殊不知大眾已經變成了另一種權威，一個極端的例子就是中國文革中的所謂「群眾」，它成爲恐怖的、盲動的力量。

桑：假如你在文化的領域裡做了什麼有一定難度的事，而你又有所成就，或者乾脆就說你做了什麼稍微複雜一點的事，甚至你的詞彙量稍大一些，那你就屬於「精英階層」了，你就不民主了，所有的一切都應該下降到一個低水平上去。消費式的資本主義思想所引起的後果之一就是在文化問題上引進了虛假的民主理想。你剛才說到你所理解的傅柯的論點，即知識分子的力量可以是某種形式的壓迫力量。一個著名的美國作家宣稱：判斷一部文學作品的好壞是不民主的。也就是說，說這本書比另一本書寫得好，所以這本書是一本更好的書，這就是不民主了。

我認為，在當前多數文化問題上，「民主」的含義都是有害的。也是老套的資本主義版本。這舊的一套在文革期間，即產生了《東方紅》這樣的歌曲的時期被強加給你們。那時的標準是，唯一可以被接受的藝術是所有六歲以上的人都可以理解的藝術，現在呢，我說你是在目睹那個標準在資本主義社會的翻版：一切不與電視娛樂形式相呼應的東西都屬於「精英階層」。

媒體娛樂行業是美國主要的和最有利可圖的行業之一，大眾對高品味文化的反抗及對於傳媒娛樂行業產品的熱愛是一種絕好的證明。

貝：取悅於大眾，或如毛在五十年前就要求文學藝術應是人民大眾喜聞樂見的東西的願望，今天已成爲從東方到西方共同的文化風景。不僅僅在美國，您偶爾打開香港、台灣、大陸的電視，看看裡面充斥著的庸俗和低級趣味，再看看港台流行文化、流行音樂對大陸的影響，我們所經歷的這二十年，眞可能是一個惡俗泛濫的時代。

楊：您說的毛時代的文藝，是中國式大眾文化和極權文化相結合的極佳例證，這也是爲什麼毛大力提倡工農兵文藝。大眾文化是通過簡單化、模式化使人缺乏判斷力和思考力，以利於商業或政治的目的。前衛派藝術實踐既是對大眾文化的反抗，也是對任何藝術模式的反動，因而也是對自身定型化的危險的不斷反動。

桑：我得再澄清一下有關的詞義，在我看，「前衛派」這個詞的用途已遠遠超過了它所應有的範圍。這個詞意味著藝術是不斷進步的，就像一次軍事行動，其中一部分人先行動，最後其他人趕上來，可是，藝術不是不斷進步的，它不是那樣進行的，因此我一點兒也不覺得自己跟前衛藝術有什麼關聯。我不把我寫的東西叫做前衛文學，我不把當代產生的任何我敬佩的作品叫做前衛作品。我最近剛讀完一個當代匈牙利作家彼得・那達斯（Peter Nadas）的小說《回憶錄》（*A Book of Memories*）就是一個例子。

貝：我曾兩次閱讀您的短篇小說〈無導之遊〉（Unguided Tour）。這篇小說在文體上是探索性的，並無完整情節，您營造的是氛圍，帶著夢幻的（白日夢式的）無人稱對話，我注意到在中國某出版社出版的一本被命名爲《後現代主義小說選》的書中稱您爲後現代主義作家，這顯然有違您的美學觀，是嗎？

桑：我當然不接受這樣的頭銜，毫無疑問，我出生在這個時代，而不是另一個時代，我是由這個時代的一切造就的。所謂的「後現代主義」是一種關於我所生活的時代的理論，而我是強烈反對這個理論的。

貝：這幾年我特別注意讀您的思想性散文（essay），essay在漢語中一直沒有貼切的詞可翻譯，它做爲一種文學體裁，在漢語學中缺乏對應的文體，也少有相應的作家，用散文、隨筆甚至文論來稱呼，均不準確[5]。我認爲稱之爲「思想性散文」也許更接近essay的原意。您在1981年寫的重要文章（思想性散文）〈寫作本身：論羅蘭・巴特〉令我印象極深，其中您

[5] 正因essay在漢語中欠缺對等的貼切翻譯，在此書中也幾乎難以統一，我設法將之歸納爲「文章」，而英語的essayist爲「文章作家」。——編者註

談論羅蘭・巴特時曾指出，「巴特所描繪的那種作家的自由，從局部上說就是逃逸。」您由此聯想到王爾德（Oscar Wild）的內心獨白：「狂熱與漠不關心的奇特混合……」，然後您又談及了另外兩位與巴特、王爾德完全不同氣質的作家、思想家尼采和沙特，您認爲尼采是「戲劇性的思想家，但不是戲劇的熱愛者」，因爲尼采作品存在著一種嚴肅性和眞誠的理想。然後，您認爲沙特要求作家接受一種戰鬥性的道德態度，或道德承諾，即作家的職責包含著一種倫理的律令。您甚至比較了巴特和班雅明，您對他們兩人的研究似乎傾注了罕有的熱情。但是您指出巴特「沒有班雅明一類的悲劇意識，後者認爲文明的每一業績也是野蠻的業績。班雅明的倫理重負乃是一種殉道精神……」，您稱巴特和王爾德的唯美主義是傳播遊戲觀，拒絕悲劇觀。您的這種敏銳的分析及對作家的區分，使我對您本人產生了追問的願望。您的寫作生涯可能已逾四十年，您對自己是怎樣確認的呢？我想問的是，您在氣質上更偏向巴特呢，還是如您認同的班雅明「一種深刻的憂鬱」式的類型呢？您對巴特的一生做了深刻卻多少帶有保留的總結，您在讚美之餘指出了唯美主義在我們所處時代的內在矛盾及不可能性。這多少與您對班雅明的分析不同。

您近十年來主要是從事小說寫作呢，還是同時兼寫思想性散文？您是怎樣在不同的文學形式中分配自己寫作時間的，它們互不干擾嗎？將來您會偏重寫小說呢，還是多種文學形式並進？

桑：現在我只寫小說了，從八〇年代起，我就幾乎完全放棄散文及文論的寫作了，那是我開始寫我的第三本小說《火山情人》的時候，那是我所有出版的著作中我自己最喜愛的一本。

有很長的一段時間，我在寫小說和寫文章之間往返不停，可是寫文章花的時間太多，又阻礙寫小說的靈感，正如我在一開始就說的，做爲一個作家，我感到與之有最深刻牽連的是虛構文學，不過因爲它是一個更廣泛的形式，你可以把文章的因素放在虛構文學裡面，像巴爾扎克和托爾斯泰所做的那樣，但你不能把虛構的東西放到文章裡面去。不過，我卻的確是那樣做了——比如在關於華特・班雅明的文章裡，我就是以描述他在一張張照片上的形象開始的。

貝：那幾乎是白描，您寫道：「在他的大多數照片裡，班雅明右手托腮向下望著。我見過的最早的一張攝於1927年，他那時三十五歲，烏黑卷曲的頭髮壓住前額，飽滿的嘴唇上一抹小鬍子，年輕甚至很漂亮。他低著頭，罩在上衣裡的肩膀聳在耳際，他的拇指托住下顎，彎曲的食指和中指夾著香菸，擋住了他的下巴。他從眼鏡後面向照片的左下角望著，目光柔和，一個近視者白日夢般的凝視。」

楊：那是一種敘事文體。

桑：正是，我是在把文章的寫法推到其極限，因爲我實在是想寫小說，大概也就是在那個時候，我認識到我所能寫的最好的文章已經寫完了，可是我還沒有把我所能寫的最好的小說寫出來呢。

這樣就有了我在《火山情人》裡面所發現的做爲一個作家的新的自由，我也希望在我現在正在寫的小說《在美國》（*In America*）裡也享受到這種自由。這本小說我是從1993年就開始寫了，但因爲我在波士尼亞的居住，我只能在1993年至1996年之間斷斷續續地寫，現在我是全力以赴地在寫了，並可望在1998年完成它。

楊：您現在有沒有寫話劇或電影劇本的計畫？

桑：我剛剛完成了我的第二部劇作，它將於1998年5月在義大利首演（當然是義大利譯本），這個劇是由羅伯特・威爾遜（Robert Wilson）導演的。我沒有導演自己寫的劇作的雄心，但寫電影劇本是另一回事，我只想寫我能夠充當其導演的電影劇本。《在美國》不完成，我是不會再寫電影劇本的。完成《在美國》以後，我腦子裡還有一個大概一百二十頁左右的長篇小說和幾個短篇小說，大概要一、兩年以後，我才能有時間去籌集足夠的拍電影的錢，然後我就會去寫劇本、當導演。

貝：您近年來有沒有想再訪問過中國，有沒有具體計畫？

桑：我當然希望再次去中國。但是，只有在我覺得中國之行對我自己，從精神上或人生上，或對其他的人，如對被流放在國外的中國人有利的情況下去，否則我是不會去的。比如我覺得我應該理解的東西，我的中國之行應該幫助我理解得更好，等等。我不想僅做為一個旅遊者去中國，那對我來說是不道德的。

楊：也就是說，您仍然相信知識分子對社會應該負有責任。

桑：我相信所有的人都對社會負有責任，無論他們的職業是什麼，這種責任甚至不是「社會的」責任，而是道德的責任。我有一種道德感不是因為我是一個作家，而是因為我是一個人。

楊：這樣，也許連「作家」這個標籤最終也還得讓位給「人」。

貝：是做為人的道德責任。跟您談話對我們極富啓發，謝謝您。

反後現代主義及其他

——蘇珊・桑塔格訪談錄

AGAINST POSTMODERNISM,
ETCETERA

訪談◎陳耀成

譯◎黃燦然

本訪問英文原文刊登於美國網上學術雜誌《後現代文化》（*Postmodern Culture*），2001年9月，12.1期，網址為：www.iath.virginia.edu/pmc/text-only/issue.901/12.1chan.txt。

這個訪問是在蘇珊・桑塔格位於曼哈頓的切爾西區（Chelsea）的頂層公寓做的。時間是2000年7月底一個陽光燦爛但不是熱得太難受的日子。我進入那座大廈時，桑塔格的助手剛好辦完事回來，於是我們一同乘電梯上去。我們打開公寓門時，桑塔格正在把一些廢物倒進垃圾桶。後來她提到，自從她生病以來——她於1998年被診斷第二度患上癌症，數月前才算治癒——她的公寓就變得一團糟。「近來我大部分時間都在設法空出一些地方，來容納我過去兩年買的書，還有就是整理文章和手稿，」她說。牆上掛著數十幅皮拉內西（Giovanni Battista Piranesi, 1720-1778，義大利建築家暨藝術家）版畫，使得整個公寓顯得既莊重又雅致。我想起在桑塔格的劇作《床上的愛麗思》中，愛麗絲・詹姆斯的獨白：「我在想像中可以看見，我可以在想像中看見一切。大家都說羅馬非常漂亮。我看過那些畫，那些版畫。是的，皮拉內西。」

我帶來一本中文雜誌給她看，裡邊有一篇關於我最近出版的評論集《最後的中國人》的書評。雜誌的編輯用她最新的小説《在美國》做那篇書評的插圖——這對我來説是一個愉快的驚喜，因為桑塔格一直對我寫作和拍電影的努力產生深刻的影響。我讀桑塔格的批評文章之前，已對她的第一部長篇小説《恩人》大為傾倒。八〇年代中期我就把她的文章〈迷人的法西斯〉（Fascinating Fascism）和短篇小説〈中國之旅的計畫〉（Project for a Trip to China）譯成中文在香港發表，當時並沒有太多考慮版權問題。多年來，我見過她的作品的中譯在她不知道的情況下，刊登在香港、台灣和大陸的刊物上。有幾位朋友敦促我訪問她，以供中文刊物發表，也許還可編輯一個中譯的桑塔格文選。於桑塔格文選的出版計畫有了眉目之後，我終於在喬伊斯劇院的一次特里沙．布朗（Trisha Brown）舞蹈會上向她作自我介紹，她不假思索就同意接受我的訪問要求。當我向她描述中文出版界的混亂情況時，她對此滿不在乎。「人們以為我會因為被侵犯版權而憤怒。但事實上我並不是資本主義社會裡的一位好市民。當然，我樂意獲得報酬！其實要聯繫我也並不困難。我有出版商和代理，他們的地址都列在《名人錄》中我的條目裡，而我想任何人都可以在網上找到。但我並不憤怒。我最喜歡的還是被人閱讀。」

接著我們坐在廚房一張桌邊。我背後敞開的一扇門，向著一個視野開闊的陽台，在陽台上可以俯視水光閃爍的哈德遜河和午後剪貼著高樓巨廈的曼哈頓天際。桑塔格把一條腿擱在桌上，使座椅後仰，呷著咖啡。她說已在兩年前戒了菸。她開始談論她最近看過的中國電影《洗澡》。她說，由於背景是轉變中的北京，故她覺得這部電影「尚算有趣」。在香港電影導演中，王家衛當然是她所熟悉的。她挺喜歡《墮落天使》，但對《春光乍洩》感到失望。（桑塔格是1986年夏威夷電影節的評委，她顯然幫助台灣名電影導演侯孝賢那部嶄露頭角的《童年往事》奪取首獎。她還把台灣另一位大導演楊德昌的《一一》於2000年12月號的《藝術論壇》〔*Artforum*〕雜誌內列為該年最佳電影。）我跟她談起我們共同認識的朋友西蒙娜・斯旺（Simone Swan）的最新活動。斯旺是德梅尼基金會（de Menil Foundation）的創辦人和桑塔格的舊友，一直都致力於發揚埃及建築師哈桑・法特希（Hassan Fathy）為貧民服務的精神，在德克薩斯州一帶建造低成本的土磚房屋。桑塔格欣賞其宗旨，但也有所疑慮，覺得「窮人可能想要用混凝土」而不是用土磚建造房屋。經過這番閒聊之後，訪問便轉入正題。

陳：在六〇年代，妳是其中一個最早試圖泯滅高文化與低文化界限的人。現在，三十年後，我們見到高文化或所謂傳統的經典，正遭到流行文化和多元文化主義的圍攻。我們今天有一種新感性，按個人不同的理解，這種新感性要麼超越、要麼戲擬你在《反對詮釋》（1966）最後一篇文章中宣告的那種感性。今天我們生活在一個完全多元合併和全球互相滲透的時代。它被很多人，包括我本人，稱爲後現代主義。到目前爲止，你對後現代主義的反應似乎基本上是敵意的。令世人正視「假仙」（Camp）感性，你居功至偉；但是妳卻拒絕讓「假仙」被後現代主義同化，因爲「『假仙』的品味……仍然預先假定有一套更早的、更高等的識別標準」。

桑：我從來不覺得我是在消除高文化與低文化之間的距離。我毫無疑問地、一點也不含糊、一點也沒有諷刺意味地忠於文學、音樂、視覺與表演藝術中的高文化的經典，但我也欣賞很多別的東西，例如流行音樂。我們似乎是在試圖理解爲什麼這完全是有可能的，以及爲什麼這可以並行不悖……以及多樣或多元的標準是什麼。然而，這並不意味著廢除等級制，並不意味著把一切等同起來。在某種程度上，我對傳統文化等級的偏袒和支持，並不亞於任何文化保守主義者，但我不以同樣的方式劃分等級……舉個例子：不能僅僅因爲我喜愛杜思妥也夫斯基，就表示我無法喜歡布魯斯・史普林斯汀（Bruce Springsteen）[1]。如果有人說你非得在俄羅斯文學與搖滾樂之間做出選擇，我當然會選擇俄羅斯文學。但是我不必非要做出選擇。話雖這麼說，可我絕不會辯稱它們有同等價值。然而，我驚見人的經驗可以這麼豐富和多樣。因此，在我看來，很多文化評論家在談到他們的經驗時，都是在撒謊，都在否定多元性。另一方面，大眾文化中有很多東西並不吸引我，尤其是電視上的。電視上的東西似乎大多陳腔濫調、了無養分、單調乏味。所以這不是消除距離的問題。只不過是我在我體驗的樂趣中，看到很多同時存在的陽春白雪與下里巴人，並感到有關文化的論述大部分要麼就太市儈，要麼就是膚淺地勢利。因此，並非這是「這」，那是「那」，而我可以架設一道橋，消除其差距。實際情況是，我明白自己享有各式各樣的經驗和樂趣，而我試圖理解爲什麼這是有可能的，以及你怎麼還能夠維持等級制的價值觀。

這並不是被稱爲後現代的那種感性——順便一

[1] 美國著名流行歌手（1949-）。

提，這不是我使用的詞，我也不覺得使用這個字有什麼用。我視後現代主義的特色爲拉平一切的態度和再循環的手法。現代主義一詞起源於建築。它有非常具體的意義。它是指包浩斯建築學派（Bauhaus School）、柯比意（Le Corbusier）[2]、盒式摩天大樓、抗拒裝飾的風格。其形式也是其功能。建築中有形形色色的現代主義信條，它們的盛行，不僅僅是因爲它們的美學價值。這些理念是有物質基礎的；用這種方式建造樓房更廉宜[3]。不過，當後現代主義這個術語越過建築領域，在所有藝術中使用起來的時候，它便被濫用了。實際上，很多曾經被稱爲現代或現代主義的作家，如今都被稱爲後現代了，因爲他們再循環，使用引語——例如，我想起多納・巴瑟美（Donald Barthelme）——或從事所謂的互文寫作（intertextuality）。

陳：一些作家被重新標榜爲後現代，這種做法有時候確實令人困惑。例如，我非常欣賞弗里德里克・詹明信（Fredric Jameson）的著作，但是，他把貝克特稱爲後現代作者，令我驚愕，因爲在我看來，貝克特是現代主義全盛時期的終極產物。

2 最著名的現代主義建築宗師，瑞士人（1887-1965）。

3 後現代建築是對抽象及功能化的現代建築的反動。

桑：詹明信是試圖把後現代主義這個類別變得更有意義的主要學者。但他對這個術語的使用，仍使我無法信服，其中一個理由是，我不覺得他對藝術感興趣。不是眞的感興趣。甚至對文學也不感興趣。他感興趣的是理念。如果他在乎文學，他就不會連篇累牘地援引諾曼・梅勒（Norman Mailer）[4]。當你援引小說片段來說明你的理念，你就是在含蓄地建議人們去讀這些書。我想，要麼是詹明信不知道梅勒並不是一位非常好的作家，要麼是他不在乎。另一個例子是，詹明信爲了建構理念，爲了找例子闡述他的理念，竟然把梵谷與沃荷（Andy Warhol）相提並論。看到這些現象，我只好下車告別。在我看來，所謂的後現代主義——即是說，把一切等同起來——是消費時代的資本主義最完美的意識形態。它是一個便於令人囤購、便於人們上街消費的理念。這些，並不是批判性的理念……

陳：但是，在你的長文〈愛滋病及其隱喻〉（AIDS and Its Metaphors, 1989）中，你把目前這個時刻稱爲「愜意地重投約定俗成的『常規』懷抱的年代，譬如重返具象和風景……情節和角色；這也是大

[4] 美國小說家（1923-），著有《裸者與死者》等書。

肆吹嘘地否定藝術中晦澀的現代主義的年代……新的對性愛的冷靜態度與重新發現的有調音樂[5]、布格霍（William Adolphe Bouguereau）[6]、任職投資銀行業和舉行教堂婚禮等舊有的樂趣一起重臨」。對我來說，我幾乎覺得你是在稱頌後現代主義。

桑：你這樣看嗎？我肯定不是這個意思。我想，我是在挖苦。

陳：在你把自己變成一位歷史小說家的過程中，你似乎接通了新的能量的來源來撰寫《火山情人》和《在美國》。我想許多人會形容這兩部小說是後現代小說。

桑：雖然我寫了兩部以往昔為背景的長篇小說，但我並不把它們稱為歷史小說。即是說，我不認為自己是在某個特定的類型內寫作，像犯罪小說、科幻小說或哥德式（Gothic）小說[7]。我要擴大我做為一位敘事虛構作家的資源，而我發現若把背景設置在過去，寫起來可以更無拘無束。這些小說只能寫於二十世紀末，而不是其他時代。它們首先是以第一人稱和第三

5 相對於二十世紀艱澀的現代主義無調（atonal）音樂。

6 法國學院派畫家（1825-1905），以宗教畫為主。

7 恐怖小說。

人稱敘述，然後混合其他的聲音。我不覺得可以納入任何重返常規或具象繪畫的潮流。也許，應把這些小說視爲有關旅行的書、有關人在異鄉的書：《火山情人》寫的是在義大利的英國人；《在美國》寫的是移民到美國的波蘭人；我目前正著手的小說，寫的則是二十世紀二〇年代一些在法國的日本人。不過，我並不是試圖發展一套公式——而是試圖拓展自己。

陳：你是否感到你近期的小說可以更有效地處理一些敘事元素，例如「角色」？「角色」只是約定俗成的項目嗎？

桑：我不敢肯定「角色」只是常規的項目而已。但我總是由人物開始，就連《恩人》和《死亡工具套》也是如此。《恩人》探討某種遁世的天性，事實上是非常虛無主義的——一種溫柔的虛無主義。（笑）《死亡工具套》寫的是一個自殺的男子。在我寫這兩部小說期間，我開始對歷史產生興趣——不一定與時事或具體事件有關——而只是歷史，以及用歷史角度理解某些事物——也即任何東西在任何特定時刻發生時，背後隱藏的因素。我曾經以爲自己對政治感興趣，但是多讀歷史之後，我才開始覺得我對政治的看法是非常表面的。實際上，如果你關心歷史，你就不會太關心政治。

在寫了最初兩部小說之後，我旅行了更多地方。我早曾踏足北美和西歐富裕國家以外的地區。例如，我已去過北非和墨西哥。但越南是第一個使我看到眞正的苦難的國家。我不只是從美學角度看這類經驗，更是從嚴肅的道德角度看。因此，我並非對現代主義幻滅。我是要讓自己汲取更多的外在現實，但仍沿用現代主義的工具，以便面對眞正的苦難，面對更廣大的世界，以突破自戀和自閉的唯我論。

陳：《火山情人》的主人翁「騎士」不正是那種陰鬱（saturnine）、多愁善感的塑造嗎？我們可以見到他與你早期那些「唯我論」的小說的聯繫。與此同時，我們看到「騎士」的內心意識被戲劇化了，因爲你把他置於一個更廣闊的世界裡。置於歷史的亂流內。

桑：我覺得，我所有的作品都置於憂傷的（saturnine）——土星（Saturn）——標誌下。至少到目前爲止是如此。我期望不是永遠如此。

陳：你不是說過你不太喜歡自己早期的小說嗎？

桑：我說過各種蠢話。（笑）路易斯・布紐爾（Luis Buñuel）[8]一度表示有興趣把《死亡工具套》拍

[8] 已故西班牙大導演（1900-1983）。

成電影。若成事的話，太好了！

陳：最近，我重讀你的第一部小說《恩人》，距我第一次讀它，相隔已差不多二十年了。那是我所讀的第一本你的著作，它依然是我讀過的最奇特和出色的小說之一。第一次偶然碰到它時，我住在香港，完全不熟悉當代學界和文壇的情況，但機緣巧合地讀到漢娜・鄂蘭（Hanna Arendt）。我看到她在某篇文章裡對《恩人》表示欣賞。她稱讚你的原創性，並欣賞你「糅合夢和意念編故事」的能力。我猜，書本吸引之處，可能是她所謂的「思想實驗」。重讀之時，我特別注意到《恩人》竟涵括了你寫作生涯中那麼多的主題和關注點。首先，它是用小說寫成的〈反對詮釋〉。希波呂忒是這樣一個人，他不想通過夢來解釋他的生命，而是通過夢來行動，以及隨著夢一起行動。

桑：你說得對，《恩人》確實包含我的著作的所有主題。這也使我非常震驚，就像人在起點上手中已握著一些牌，卻被蒙住眼睛。接著，可能是在你生命的中途，你才真正看到你手中抓著的是什麼牌。偶爾我會瞥見我的作品併合起來的樣子。例如，我寫的那些有關疾病的文章——〈疾病的隱喻〉和〈愛滋病及其隱喻〉——也有點兒「反對詮釋」的意味；別詮釋疾病背後的涵義。生病就只是生病而已。別賦予它這許多神話和幻想……

陳：你在《恩人》中寫道：「現代感性最令人厭倦之處，莫過於其渴望找藉口漠視現實，經常把某樣東西解釋爲另一樣東西。」

桑：我已忘記這句話。當時我怎麼會曉得這些呢？潛伏意識之下的知識吧！我開始寫《恩人》的時候，完全不知道我將要寫什麼；這跟後來的寫作不同，後來的寫作都是對基本意念深思熟慮之後，才動筆的。我當時寫《恩人》只是一句接一句地寫，不知道它要往哪裡發展。但是，與此同時，它很容易寫，彷彿它已經存在，我只是把它拿出來而已。其中幾個夢境具有我自己的夢的元素，但大多數都是創造的。

陳：一位批評家說，希波呂忒和尙–雅克是以亞陶（Antonin Artaud）和惹內（Jean Genet）[9]爲藍本。

桑：尙–雅克有一部分靈感來自惹內——應該說，是來自對惹內的看法。希波呂忒？沒這回事，那不是根據任何人物塑造！

陳：《恩人》的開篇警句使我著迷：「我夢故我

[9] 亞陶，殘酷劇場始創人（1896-1948）；惹內，法國同性戀小說家（1910-1986），多次因盜竊罪入獄，名作包括《小偷札記》。

在！」也許是因爲我是中國人，而每個中國人都熟悉莊子夢蝶的故事：那人夢見自己變成一隻蝴蝶。醒來時，他不知道自己是否其實是一隻夢見自己變成人的蝴蝶。可以看出，《恩人》受到克萊斯特（Heinrich von Kleist）[10]的文章〈論木偶戲〉（On the Puppet Theater）的影響，在小說中，希波呂忒的旅程探求自我的平靜與安寧。

桑：關於克萊斯特，你說得對。我很小的時候就讀克萊斯特這篇文章，完全被他折服。不過，關鍵在於你必須從內心深處寫出來，而這些東西，像克萊斯特那篇文章一樣，必須沉入到意識深處去，然後你才覺得你可以寫出來。很多人問我爲什麼不以小說或戲劇的形式寫一寫塞拉耶佛被圍困的事情。我的回答是，那個經驗還沒有去到它可以去的最深處。

陳：你在塞拉耶佛上演《等待果陀》，對你這次政治介入塞拉耶佛，尙・布希亞有如此看法：「即使世上還剩下任何知識分子……我也不參與那種知識分子的同謀式的孤芳自賞，認爲自己有責任去做『某事』，認爲自己擁有某種特權，即是過往知識分子的激進的良心……像蘇珊・桑塔格這樣的主體再也不能

[10] 德國劇作家和短篇故事作家（1777-1811）。

介入政治了，哪怕是象徵式地介入，但這也不是預測或診斷。」你對他所說的「知識分子的特權」有什麼看法，你對他對我們時代的所謂「診斷」有什麼感想？

桑：布希亞是一個政治白癡。也許還是道德白癡。如果我曾經幻想過以典型的方式充當一個公眾知識分子，那麼我的塞拉耶佛經驗早可以永遠把我的妄想症治癒了。要知道，我不是爲了導演《等待果陀》才去塞拉耶佛的；我是發了瘋才可能有此想法。我去塞拉耶佛是因爲我兒子，他是一位記者，已開始報導這次戰爭；他建議我往戰地一看。我於1993年4月首次到塞城，我對人說，我願意再回來，在這座被圍困的城市工作。當他們問我可以做什麼的時候，我說：我可以打字，我可以在醫院簡單幹活，我可以教英語，我懂得製作電影和導演戲劇。「啊，」他們說，「導演一齣戲吧。這裡有很多演員無事可做。」跟塞拉耶佛戲劇界商量後，便選擇了《等待果陀》。關鍵在於，在塞拉耶佛搞戲劇，是因爲我已在塞拉耶佛，想知道我有什麼辦法可以對塞拉耶佛略盡棉力的時候，塞拉耶佛一些本地人士邀請我做的。

我與「知識分子的特權」沒有任何關係。我去那裡的意圖，並非要政治介入。相反，我的衝動是道德上的，而不是政治上的。我很樂意甚至僅僅把一些病人扶進輪椅。我冒著生命危險去做此決定：那環境極難忍受，而且槍火無情！炸彈四處爆炸，子彈從我耳邊掠過……那裡沒有食物，沒有電力，沒有自來水，沒有郵件，沒有電話，天天如是，週週如是，月月如是！這不是「象徵式」的。這是眞實的。有人以爲我是興之所至跑來排一部戲。要知道，我在1993年4月首次去塞拉耶佛，大部分時間都待在那兒，直到1995年年底。那是兩年半時間。那齣戲只花了兩個月時間。我懷疑布希亞知不知道我在塞拉耶佛待了多久？不要把我誤爲拍攝波士尼亞紀錄片的伯納德–亨利・利維（Bernard-Henri Lévy）。在法國，他們把他簡稱爲BHL，塞拉耶佛人則稱他爲DHS（在塞拉耶佛兩小時）。他乘坐一架法國軍機於上午抵達，留下他的攝製組，下午就離開。他們把毛片帶回巴黎，利維後來加了一個密特朗訪問，配上旁白，然後在巴黎剪輯完成。當瓊・拜雅（Joan Baez）[11]來做二十四小時訪問的時候，她的腳從未踏到人行道上。她乘坐一部法國坦克到處轉，整個過程都由士兵包圍著。這就是某些人在塞拉耶佛幹事的方式。

[11] 美國著名女歌手。

陳：你是不是曾經把布希亞稱爲「狡猾的虛無主義者」？

桑：我懷疑自己說過這話。我想我不會把他稱爲虛無主義者。我想，他是無知和犬儒，對所謂「知識分子」有很多見解。然而世間有各種各樣的知識分子。他們大多數同流合污。但有些很勇敢，非常勇敢。但知識分子談什麼後現代主義呢？他們玩弄這些術語，而不去正視具體的現實！我尊重現實及其複雜性！在那層次上我不想亂丟理論書袋。我的興趣是理解意念演進的系譜。如果我反對詮釋，我也不是這樣反對詮釋本身，因爲所有的思考都是某種詮釋。我實際上是反對簡化的詮釋，我也反對花巧地把意念及名詞掉換和粗淺地對等。

陳：然而，回顧起來，你的書《論攝影》可視爲論述後現代文化的開拓性作品。例如，你說攝影的品味天生就是民主和均等性的，泯除好品味與壞品味之間的差別。攝影，或者說影像文化，已把慘劇和災難轉化爲美學經驗，已把我們的世界割爲碎片，取代了現實（把現實虛擬化？），灌輸一種宿命感：「在眞實世界，正在發生的某件事情，沒有人知道如何演變。在影像世界，它已經發生了，它還將永遠以同一種方式發生。」（這番話預示了維希留〔Paul Virilio〕[12]

的一種看法，也即我們的過去、現在和將來已被「快進」、「播放」和「倒回」取代——現代或後現代人的形象變成一位安坐家中，手執電視／攝錄機遙控的觀眾。）在你看來，攝影是現代主義的終點但同時亦導致其崩潰。

桑：是的，也許如你所言。但我再次不覺得需要使用「後現代」這個術語。但我確實認為，用攝影角度看世界是上天下地把事物均等起來。然而，我也在疑問有關攝影影像吸納這個世界的災難和恐怖後帶來的後果。它是否在麻醉我們？它是否使我們對萬事萬物習以為常？震撼效果是否消滅了？我不知道。此外，硬照影像（still photography）與活動影像之間有巨大差別。活動影像力量非常強大，因為你不知道下一步有什麼發生。在《論攝影》的最後一篇文章中，我談到我在中國的經驗，我目睹一次針灸麻醉手術。我看見一個人的胃因患上嚴重的潰瘍而大部分被切除。明顯地針灸麻醉生效。他睜著眼睛，一面講話，一面藉一根麥桿吸管一小口一小口地喝某種液體。這是一點也沒得作假的，確實針灸有效。醫生說，軀幹

12 法國哲學家與建築理論學家（1932-），著有《消失的美學》（揚智出版）等書。

使用針灸麻醉效果很好，但是四肢就不那麼有效果，而對某些人來說根本就不頂用。但它對這個病人有用。觀看這次手術我沒有什麼畏縮，看著那個胃被切開，看到病人的胃中那一大片潰瘍的部分呈灰色，像輪胎。這是我第一次目睹手術，我原以為我會看不下去，但並無問題。接著，半年後，我在巴黎一家電影院看安東尼奧尼（Michelangelo Antonioni）的記錄片《中國》，裡面有一個場面，是在針灸麻醉下的剖腹接生手術。孕婦的肚子被剖開那一刻，我不敢觀看。多麼奇怪！我不敢看那影像，但我敢看現實中的手術。這點非常有趣。影像文化內仍有各種令人困惑的現象。

陳：《論攝影》中一些最不祥的預言，都應驗了。例如，攝影——在數碼技術的最新化身中——確確實實戰勝了藝術。電視、好萊塢和資訊娛樂業儼然壟斷一切，其中一個結果是造成你所謂的「電影的枯朽」——電影當然是最重要的現代藝術形式之一。高達最近說，我們所知道的電影已然了結。

桑：毫無疑問的是：他所知道的電影已然了結。那有幾個理由，包括分銷系統的崩潰。我得等待八年才看到亞倫・雷奈（Alan Resnais）的《吸煙／不准吸煙》（*Smoking/No Smoking*），我剛在林肯中心看的。這是雷奈在九〇年代初期拍的電影，但過去十年內他的電影沒有一部在這裡放映。我們在紐約可選擇的東西愈來愈少了，而這是一個被認為是看電影的好地方。另一方面，如果你能容忍那些細小制式（指錄影帶、DVD等）—— 我碰巧不習慣微縮影像 —— 你不但可以看到整個電影史，還可以一看再看。電影的問題在我看來，似乎比任何東西都更能表明當代文化的腐敗。品味已經變壞，很難見到導演矢志拍攝具有思想和感情深度的電影。我喜歡的電影，愈來愈多來自世界那些較不繁榮的角落，是有理由的，那裡商業價值還未完全取代一切。例如，大家對（伊朗導演）阿巴斯・基亞羅斯塔米（Abbas Kiarostami）反應如此熱烈，是因為在這個愈來愈犬儒的世界，他鏡頭下的人物都很純潔、認真。由此看來，我不覺得電影已經壽終正寢。

陳：有人說，在你兩組小說之間的漫長空隙期間，你把寫小說的衝動轉向電影製作[13]。

[13] 桑塔格的電影作品包括1969年的《食人生番二重奏》（*Duet for Cannibals*）、1971年的《卡爾兄弟》（*Brother Carl*）、1974年的《許諾的土地》（*Promised Lands*）和1983年的《無導之遊》（*Unguided Tour*）—— 台灣將同名短篇小說譯做〈盲目的旅行〉（見《我等之輩》，探索出版）。

桑：也許是吧。但我從事創作並不遵從一個工業模式。我不認爲最重要的事情是：完成一本書後，立即要著手另一本。我想寫必要寫出來的書。

陳：再一個有關《恩人》和你的寫作生涯的問題，因爲在涉及到你一生與詮釋——不論是否是佛洛伊德式的——的關係時，你第一本小說似乎顯得特別有趣。漢娜・鄂蘭對心理分析很反感，因爲它有悖於她對人類自由的看法。這是《恩人》的一段話：「但你必須宣稱自己自由，才能眞正地自由。我只需把我的夢看成是自由的，看成是自主的，才能擺脫他們，獲得自由——至少像任何人有權享有的那麼自由。」我從這段話聽出了你論羅蘭・巴特的文章〈寫作本身〉的回聲。在那篇文章中，你認爲「人行使其意識是生存最高的目標，因爲一個人只有於意識一切之後，才有可能掌握其自由」。你所珍惜的意識的進程，被你的哪個身分開拓得更好？做爲小說家的你，還是做爲文章作家（essayist）的你？

桑：是的，當我寫小說時，感到更自由，更能自我表達，更能接近我所重視的東西。我的目標是表達得更好，以及吸納更多的現實。

陳：你可承認你的作品中有一種反心理學的趨勢？這是不是一種部分地採納於法國新小說的（美

學、形式和現代主義上的）手法？抑或它是你面對人生存處境而選擇的道德和哲學立場？

桑：我不覺得我是反心理學的。不過，我倒是比較反自傳的，也許因而令人有錯覺。我也不覺得我從所謂的法國新小說學到什麼。我從來不眞正喜歡它們。我想，它們是「有趣」的，而「有趣」這是一種淺顯、不誠實的讚賞形式，我期望自己已經超越了這個範疇。

陳：據說你有兩部小說半途而廢。

桑：恐怕是三部。我寫到五、六十頁的時候就停下來。如果我寫到一百頁，我就可以繼續下去。

陳：你是不是曾計畫把西蒙・波娃的第一部小說《女客》（*L'Invitée*）改編爲電影嗎？

桑：是的。我寫了一個完整的分鏡劇本，以微不足道的價錢從西蒙・波娃那裡獲得版權，並找到小筆資金來拍攝。但是半途中突然對那電影劇本或那電影或那題材——很難說是哪方面——失去信心。我沒有信心可以拍得夠好。

陳：你是不是已經跟拍電影說再見了？

桑：我熱愛電影。我一生中有很多時期每天都去看電影，有時候一天看兩部。布烈松（Robert Bresson）和高達，還有西伯堡（Hans-Jürgen Syberberg），最近則有蘇古諾夫（Alexander Sokurov），這些導演對我都極其重要。香塔・阿克曼（Chantal Ackerman）的《珍妮・迪爾曼》（*Jeanne Diehlmann*）、貝拉・塔爾（Bela Tarr）的《撒旦探戈》（*Satantango*）、法斯賓達（Rainer Werner Fassbinder）的《十三個月亮之年》（*In a Year of Thirteen Moons*）、《美國大兵》（*The American Soldier*）、《佩特拉的辛酸淚》（*The Bitter Tears of Petra von Kant*）、《柏林亞歷山大廣場》（*Berlin Alexanderplatz*）；安哲羅普洛斯（Theo Angelopoulos）的《流浪藝人》（*Traveling Players*）、亞倫・雷奈的《幾度春風幾度霜》（*Mélo*）、侯孝賢的《南國再見，南國》、克萊兒・丹妮絲（Claire Denis）的《軍中禁戀》（*Beau Travail*）……我從這些電影學到很多東西。不，我沒有說過要跟拍電影說再見。我沒有興趣改編自己的小說，但有興趣寫原創劇本。是的，我還想拍更多電影。

陳：你在1995年的文章〈論魏京生〉（On Wei Jingsheng）中悲嘆：「啓蒙時代的價值所體現的世界主義道德和政治標準，在過去一代人中普遍下降」，尤其是反映於國際政壇不復關注中國的人權標準。我想，這篇文章，加上你1984年那篇〈模範異國〉（Model Destinations），可謂擊中我們這個後冷戰和後意識形態時代的政治困境的要害。誠如你所言，世界各地的獨裁政制因爲坐享其成的西方資本主義大國對「有利可圖的務實經濟關係」很看緊，而「愈發肆無忌憚起來」。

桑：必須聲明，那不是我寫的。這是在魏京生再次被捕時漢學家夏衛（Orville Schell）在紐約組織的一次新聞發佈會上我的即席發言，發言被錄了音，轉成文字，被《紐約書評》拿去了。是在幾天後我首次聽說我的發言將被發表，那時《紐約書評》打電話來說，他們要派信差把我的「中國文章」的校樣送給我。（笑）你知道，我不是相對主義者。在我成長過程中，一直都聽說亞洲文化與西方文學不同。一代代的漢學家，包括費正清，都宣稱在涉及亞洲的問題時，西方公民自由的標準是不相干的，或者不適用的，因爲這些標準源自歐洲新教文化，這種文化強調個人，而亞洲文化基本上是集體主義的。但這態度卻有遺毒，因其精神是殖民主義的。此類標準不適用於任何地方的傳統社會——也包括歐洲的傳統社會。但是，如果你生活在現代世界，按其定義自然而然不是傳統世界，你就想要這些自由。每個人都要這些公民社會的成就。而把這點解釋給來自富裕國家、以爲這些自由只屬「我們」的權貴階級聽，是很重要的。

陳：〈模範異國〉是一個你放棄的專書中的一部分？

桑：是的，它原是要發展成一本關於知識分子與共產主義的書，約一百頁——因爲那些去社會主義國家訪問的人士是如此容易上當，眞的予我深刻印象。那些人通常隨代表團去，住在酒店，到處有人護送。我記得1973年1月，我在文化大革命末期去中國。我跟那位被派來當我的傳譯員的女人相處友善。我不是重要訪客，因此獲派這位來自外交部的低層人員。顯然，她每天都寫有關我的報告。她是一位可愛但提心吊膽的中年婦女，她在文革期間失去丈夫。我問她住在哪裡。她說她跟朋友住在一起。實際是，她住在酒店地下層儼如貯藏室的一個小房間裡。我看到它，是因爲我堅持要看到底她住在哪裡——按上頭指示，她的住處當然是不讓人看的。有一天她暗示我的房間被竊聽，並邀請我出去散步。她非常慢地用吃力的英語說：「你……是否……讀過……一本……書……叫做……一九……」當我聽到「一九」，我胸口隱隱作痛。我知道她接下去要說什麼，是「八四」。「一九八四，」我重複，我想我掩飾不了我多難受。「是的，」她微笑著說，「中國就像那樣。」

我想，如果你不怕麻煩，跟多一些當地人接觸一下，你可找到這些國家的一些眞相。至少羅蘭・巴特因爲他的性癖好而有勇氣正視現實。他喜歡北非和亞洲的國家，在那裡他可以跟男孩睡覺；由於他在中國沒機會這樣做，他感到很沉悶。但他沒有被愚弄。他的性傾向使他保持誠實——對千篇一律的毛澤東教條口號及乾枯單調的文化不懷好感——但那次旅行（1974年）的巴特同行者——包括朱莉婭・克里斯提娃（Julia Kristeva）和菲利普・索勒斯（Philippe Sollers）——回來都說，新中國美妙極了，並重複所有毛主義的陳腔濫調。你可以說，他們的意識形態障眼物使他們以某種方式看事情吧。還有那一個個在（二十世紀）三〇年代訪問蘇聯的受騙者。你很想對這些人說：「停步！你們知道自己在哪裡嗎？你們看見什麼？請嘗試從最具體的東西開始。你們看不見？還是視而不見？」

陳：你一生中是否有任何時期當眞被共產主義吸引過？

桑：沒有，不是被共產主義，而是被反大美帝國主義的鬥爭吸引。美國對越南的侵略戰爭使我魂牽夢縈。即使到今天，美國人都還在談論五萬六千名戰死越南的美國士兵。這是個大數目。但是，有三百萬越南士兵和無數平民百姓死了。而越南的生態環境被嚴重毀壞了。扔在越南的炸彈比在第二次世界大戰所扔的炸彈總數還多——而與韓戰中投扔的一樣多。美國入侵這些國家時，軍備懸殊的程度是驚人的。就拿在伊拉克的戰爭來說吧。戰爭已經結束了，可是美國人還扔凝固汽油炸彈和轟炸往北方撤退的赤腳的伊拉克士兵。這些事情使我非常沮喪。我們必須記住，1963年至1968年8月蘇聯入侵捷克之間——那是一個引起我們很多人思考的時期。在1963年，在眞正的反戰運動出現之前，我已參與反越戰運動。那時越戰才剛剛開始。我和一位前綠色貝雷帽[14]一同在加州巡迴演說。我們站在街角，兩次被人扔石頭。六〇年代中期，我碰到來自蘇聯的人，他們確實說過，事情眞的比以前好多了，正朝著正確的方向走。接著，1968年8月，一切夢想全垮塌了。因此，沒錯可以說，在1963年至1968年，我願意相信反美的所謂的第三世界國家（那些採納了共產黨一黨專政的國家，而不只是越南和古巴而已）可能會發展出一種符合人道的政制，不同於以前殖民地的狀況……結果是，實際情況並非如此，但是在我關注世情的一生中，這五年似乎並不太長。不算犯錯很久吧！

[14] 指美國特種部隊成員。

陳：你會撤回1982年在紐約市廳劇院發表的「共產主義是戴著人面的法西斯主義」的聲明嗎？

桑：當然不會。共產黨政府有過一陣子吸納了深廣的理想主義資源。在（二十世紀）三〇年代的歐洲，許多傑出人物投入共產黨運動，他們不知道運動的實況。接著，質疑的人一再被要求閉嘴，因爲當急之務是對抗希特勒，我們一定不要對不起西班牙內戰中立場正確的一方。

陳：你沒有完成那本有關知識分子與共產主義的書，是不是因爲你擔心這本書會被當前的新保守主義利用？

桑：肯定不是。放棄它，主要是因爲我想重新拿起寫小說的筆，只專注寫小說。我知道這本書會花費我一兩年時間。我已放棄了很多東西。我不是那種每天都執筆的寫作狂。總有些時期，我覺得寫作是世界上最艱難的事情。

陳：有些批評家認爲，《在美國》中的瑪蓮娜是某種虛構的自畫像。你能否告訴我們，當你以第三人稱的敘述，讓讀者看她最後一眼的時候，你在多大程度上認同你在小說中對她的描寫？「瑪蓮娜坐下，凝視鏡子。她當然是因爲太快樂而哭泣了——除非快樂的人生永不可得，而人類可以獲得的最崇高的生命是英雄式的。快樂以多種形式出現；能夠爲藝術而活，是一種榮幸，一種賜福。」

桑：我完全認同這段話。

做完這次錄音訪問後，我因新故事片《情色地圖》而延遲整理。接著，蘇珊・桑塔格以《在美國》獲得2000年國家書卷獎，這之後，又在2001年5月獲得耶路撒冷獎。她還經常外遊，並編成了新的文集《重點所在》。等她校閱訪問稿並回答我以書面方式補充的問題時，一年已經過去了。不過，這篇訪問總算完成了。

我感謝下列人士的鼓勵及協助：謝夫・阿歷山大（Jeff Alexander，桑塔格當時的助理）、羅素・費德曼（Russell Freedman）及詩人黃燦然。

在塞拉耶佛等待果陀

WAITING FOR GODOT
IN SARAJEVO

譯◎黃燦然

無事可做。

——《等待果陀》開場白

I

我於1993年7月中旬去塞拉耶佛導演《等待果陀》，並不是因爲我一直很想導演貝克特這齣戲（雖然我一直都想），而是因爲它給我一個重返塞拉耶佛並在那裡逗留一個月或更久的實際理由。我曾於4月份在那裡逗留兩星期，很是關注這個受到重創的城市以及它所維護的東西；有些塞拉耶佛居民成了我的朋友。但我無法再僅僅做一個目擊者：即是說，跟人見面、參觀、嚇得發抖、感到勇敢、感到沮喪、有令人心碎的交談、愈來愈憤慨、耗減體重。如果我再去，我要全身投入，做點事情。

作家再也不能以爲迫切的工作是把消息告訴外面的世界。消息已傳出去了。很多出色的外國記者（他們多數像我一樣，贊成干預）一直都在報導自塞拉耶佛開始被圍困以來就不斷出現的謊言和屠殺，可是西歐強國和美國不干預的決定依然牢不可破，從而把勝利拱手讓給塞爾維亞法西斯主義。我並不幻想去塞拉耶佛導演一齣戲，能夠起到假如我是一位醫生或水利工程師的作用。這將是一種小小的貢獻。我能做的三件事，就是寫作、拍電影和導演戲劇，而導演戲劇是三件事中唯一可以在塞拉耶佛產生一點意義的，也是唯一可以在塞拉耶佛製作和被欣賞的。

我在4月份結識一位生於塞拉耶佛的青年導演哈里斯・帕索維奇（Haris Pašović），他從學校畢業後離開該城市，主要因在塞爾維亞工作而頗負盛名。當塞爾維亞人在1992年4月發動戰爭時，帕索維奇出國，但是那年秋天，當他在安特衛普（Antwep）導演一部叫做《塞拉耶佛》（*Sarajevo*）的戲時，他決定不再繼續過安全的流亡生活。年底，他設法避過聯合國巡邏隊和塞爾維亞人的槍火，爬了回來，進入寒冷、被圍困的塞拉耶佛。帕索維奇邀請我觀看他的《城市》（*Grad/City*），這是一場朗誦與音樂的大雜燴，一部分詩作取自卡瓦菲斯（Constantine P. Cavafy）、赫伯特（Zbigniew Herbert）和普拉絲（Sylvia Plath），他起用了十來個演員，八天內做完這場戲。現在他準備導演一部更有野心的作品，歐里庇得斯（Euripides）的《阿爾克提斯》（*Alcestis*）；這之後，他的一個學生（帕索維奇任教於依然運作的戲劇學院）將導演索福克勒斯（Sophocles）的《埃阿斯》（*Ajax*）。有一天，帕索維奇問我是否有興趣幾個月後再回來導演一齣戲。

我告訴他，豈止有興趣。

我還未補充說：「但讓我考慮一下我要做什麼，」他就接著說：「什麼戲？」逞強心理在瞬間告訴我去做如果我再多思索一會兒也許不會去做的事情：有一齣明擺著的戲等著我去導演。貝克特的戲，寫於四十多年前，它似乎是爲塞拉耶佛而寫的，並且似乎寫的就是塞拉耶佛。

自我從塞拉耶佛歸來後，就老是有人問我有沒有跟職業演員合作，這使我發現，很多人一聽說這座被圍困的城市仍如常演戲就驚訝不已。事實上，在戰爭爆發前，塞拉耶佛有五家劇院，現在有兩家仍然斷斷繼繼地演戲：一家是室內劇院55，我4月份曾在那裡觀看一齣演得很乏味的《頭髮》（*Hair*，搖滾音樂劇），以及觀看帕索維奇的《城市》；另一家是我決定上演《等待果陀》的青年劇院。兩家都是小型劇院。大型劇院是民族劇院，它上演歌劇、塞拉耶佛芭蕾舞團的節目和戲劇，但自戰爭爆發以來就關閉了。在這座漂亮的赭色建築物前，仍貼著1992年4月初的一張海報，宣傳將上演新製作的歌劇《弄臣》

（*Rigoletto*），但後來沒機會上演。在塞爾維亞人發動襲擊後不久，大多數歌手、音樂家和芭蕾舞演員都離開該城市，因爲他們在國外較容易找到工作；但是，大多數戲劇演員都留下來，渴望有事做。

另一個老是有人向我提起的問題是：誰會去看《等待果陀》的演出？當然是那些假如塞拉耶佛沒有被圍困的時候前往觀看《等待果陀》的同一批人，還會是誰呢？一定是今天這座被摧殘的城市的影像，使人們難以理解其實塞拉耶佛是一個極有活力且極有吸引力的省會，其文化生活不遜於其他中型的歐洲古城；這也包括一批戲劇觀眾。就像中歐其他地方一樣，塞拉耶佛的戲劇主要是輪演常備的保留劇目：過去的名作和二十世紀最受好評的戲劇。就像有才能的演員依然生活在塞拉耶佛一樣，這群有教養的觀眾很多也依然生活在這裡。差別只是，演員和觀眾在前往劇院的途中或從劇院回來的途中，都有可能被狙擊手的一顆子彈或一枚迫擊砲打死或打爲傷殘；不過話說回來，當塞拉耶佛人民在客廳的時候，或在臥室睡覺的時候，或到廚房去取東西的時候，或走出前門的時候，也同樣有可能遇到這種事情。

但是，這齣戲是不是太悲觀了些？有人問我。意思是說，這對塞拉耶佛的觀眾來說不是太令人沮喪了嗎；意思是說，在那裡上演《等待果陀》不是太做作或太不識趣了嗎？——彷彿當人們真正陷於絕望時，上演一齣絕望的戲是多餘的；彷彿在這種情形下人們只想看譬如說《歡喜冤家》（*The Odd Couple*）[1]。這些居高臨下、市儈的問題使我明白到，提這些問題的人完全不明白現在塞拉耶佛是什麼樣子，他們同樣也不真正在乎文學和戲劇。並非人人都想獲得可使他們逃避現實的娛樂。在塞拉耶佛，就像在別的任何地方，懂得通過藝術來確認和改變他們對現實的看法，並因此感到更有力量和受到撫慰的，並不只是一小撮人。這並不是說塞拉耶佛人不懷念享受娛樂。第一週之後，民族劇院那位曾就讀哥倫比亞大學的編劇，便開始列席觀看《等待果陀》的排練，她在我離開前要求我月底回來時，替她帶幾本《時尚》（*Vogue*）和《浮華世界》（*Vanity Fair*）雜誌：她渴望獲得提醒已脫離她的生命的所有事物。顯然有更多塞拉耶佛人寧願看一場哈里遜・福特主演的電影或去聽一場「槍與玫瑰」（Guns N Roses）搖滾樂團的音樂會，而不願看《等待果陀》。在戰前也是這樣。如果有什麼區別的話，那

[1] 紐爾・西門（Neil Simon）的百老匯喜劇。

就是現在不太這樣了。

而如果考慮到在圍城開始之前塞拉耶佛上演什麼戲——與放映的電影相反，電影幾乎全都是好萊塢賣座大片（有人告訴我，就在戰爭爆發前不久，那家藝術片影院因缺乏觀眾而瀕臨關閉）——那麼，公眾選擇《等待果陀》就一點也不奇怪或情緒低落。目前正在排練或上演的其他戲是《阿爾克提斯》（關於死亡的不可避免和犧牲的意義）、《埃阿斯》（關於戰士的瘋狂和自殺）和《在痛苦中》（*In Angony*），後者是克羅埃西亞人米洛斯拉夫・克爾萊扎（Miroslav Krleža）的劇作，他與波士尼亞人伊沃・安德里奇（Ivo Andrić）並列爲本世紀上半葉前南斯拉夫兩位國際知名的作家。與這些戲相比，《等待果陀》也許是諸齣戲之中娛樂成分「最輕鬆」的呢。

其實，問題不在於爲什麼在圍城十七個月後塞拉耶佛還有文化活動，而在於爲什麼沒有更多文化活動。室內劇院隔壁的一家門窗被木板釘上的電影院，貼著一張《沉默的羔羊》海報，已被太陽曬褪了色。海報上橫過一條斜條，寫著「今天」放映，那一天是1992年4月6日，也即停止看電影的日子。自戰爭開始以來，塞拉耶佛所有電影院一直都關閉著，儘管它們並非全遭砲火嚴重損壞。一座完全可以預料人們會在那裡聚集的建築物，太容易成爲塞爾維亞砲火的目標了；何況，根本就沒有電力來啓動放映機。沒有音樂會，除了一個弦樂四重奏樂團，它每天早晨在一個同時兼作畫廊、有四十個座位的小房間裡排練，偶爾也表演。（它在狄托元帥街上，與室內劇院同一幢樓。）僅有一個可供展覽畫作和照片的場所，也即奧巴拉畫廊（Obala Gallery），其展覽有時僅維持一天，但從來不會超過一週。

我在塞拉耶佛接觸的人士當中，沒有誰否認這城市的文化生活貧瘠。畢竟，仍有三十萬至四十萬居民活著。該市大多數知識分子和創作者，包括塞拉耶佛大學的教職員，都在戰爭開始的時候，在該市尚未完全被包圍的時候，就逃走了。此外，很多塞拉耶佛人不願意離開他們的公寓，除非絕對必要，例如提水或領取聯合國難民事務高級專員公署配給的物資。雖說哪裡也不安全，但是他們來到街上的時候會更驚慌。驚慌之外，尙有沮喪——大部分塞拉耶佛人都十分沮喪，沮喪造成嗜睡、疲倦和冷漠。

還有，貝爾格勒是前南斯拉夫的文化首都，而我有一個印象，就是塞拉耶佛的視覺藝術缺乏獨創性，而芭蕾舞、歌劇和音樂生活乏善足陳。只有電影和戲劇不同一般，因此在圍城情況下這些仍能繼續下去也就不奇怪了。一家電影製作公司SAGA既拍紀錄片也拍劇情片，兩家戲院繼續運作。

事實上，戲劇觀眾期望看到一部像《等待果陀》這樣的話劇。我導演的《果陀》對他們的意義，除了因爲一個奇怪的美國作家和兼職導演主動來劇院工作，以示與該市團結一致（這個事實被當地報章和電台大肆宣傳，做爲世界其他地方「關注」他們的證據，而我知曉，既羞且憤地，我只代表我本人而不代表任何人）之外，還因爲這是一齣偉大的歐洲戲劇，而他們是歐洲文化的成員。儘管在這裡就像在其他地方一樣，他們被美國流行文化吸引，但是代表他們的理想、做爲他們的歐洲身分之護照的，卻是歐洲的高雅文化。我4月份初來乍到時，人們一再告訴我：我們是歐洲的一部分。我們是前南斯拉夫的人民，我們維護歐洲價值——世俗主義、宗教寬容和多種族。歐洲其他地方怎可以讓這種事情發生在我們身上？當我回答說，歐洲是，並且一直既是，野蠻主義的繁殖地又是文明的搖籃時，他們不想聽。現在，沒有誰想對這種說法提出異議。

文化、嚴肅文化，是人類尊嚴的一種表達——而塞拉耶佛人民感到，他們喪失了這尊嚴，即使他們自己知道他們是勇敢的，或堅忍的，或憤怒的。因爲他們自己同時也知道，他們致命地脆弱：等待、希望、不抱希望，明白不會有人來拯救他們。他們的失望、恐懼和日常生活的憤慨使他們蒙羞——例如，每天都要花很多時間確保有水沖他們的廁所，否則他們的浴室就會變成糞池。他們冒著極大的生命危險在公共場所排隊提來的水，大部分都用於沖馬桶。他們的羞辱感也許比他們的恐懼更嚴重。

演一齣戲，對當地的戲劇界專業人士來說是意味深長的，因爲這使他們成爲正常人，即是說，使他們可以做他們在戰前所做的事情；而不只是成爲運水者或人道援助的消極接受者。確實，塞拉耶佛的幸運者，就是那些可以繼續從事本職工作的人。這不是金錢的問題，因爲塞拉耶佛只有一個黑市經濟，其貨幣是德國馬克，很多人靠積蓄維生，這些積蓄總是以德國馬克儲存的；或靠來自外國的匯款維生。（該市的經濟情況，可由一個例子來說明：一位熟練的專業人士——譬如說，該市主要醫院的一位外科醫生或電視台一位記者——每月只賺三馬克，而當地出產的萬寶路香菸，一包是十馬克。）演員們和我，當然沒有薪水領。其他戲劇界人士會坐下來看排練，不僅因爲他們想看我們的工作，還因爲他們很高興每天又可以上劇院了。

演一齣戲（這齣戲或任何其他戲）不僅有意義，而且是一種受歡迎的形式，它表達一種正常性。「演戲是不是有點像羅馬著火的時候拉小提琴？」一位記者問其中一位演員。「只是提一個挑釁性的問題」，當我因擔心那位演員會被冒犯而責備該位記者的時候，女記者這樣回答。那位演員並沒有被冒犯，他根本不知道她在說什麼。

2

我抵達的翌日，便開始面試演員，我腦中已有一個角色了。我在4月份與戲劇界人士見面時，我無法不注意到一位肥大的年老女人，她戴著一個黑色的寬邊帽，靜靜地、傲慢地坐在房間的一個角落。幾天後，當我看見她出現在帕索維奇的《城市》裡時，我才知道她是這家權威的塞拉耶佛劇院的資深演員。當我決定導演《果陀》，我立即想到她可扮演波佐（Pozzo）的角色。帕索維奇以爲我會動用全女班（他告訴我，幾年前，貝爾格勒曾動用全女班演出《等待果陀》）。但這不是我的意圖。我希望演員性別模糊，我深信這是少數一部可以這樣作的戲，因爲劇中人物都是有代表性、甚至是寓言性的人物。如果「每個人」（everyman）[2]確如女人們被告知的那樣，是指每一個人，那麼「每個人」這個角色就不一定非要由男人來擔當。我並不是要說，女人也可以做獨裁者——帕索維奇當時以爲我讓伊內斯・凡科維奇（Ines Fančović）扮演該角色是這個意思——而是說，女人可以扮演獨裁者的角色。相反，扮演「幸運」的演員阿德米爾（「阿特科」）・格拉莫查克（Admir "Atko" Glamočak）非常適合波佐的奴隸這個傳統角色，他是個瘦削、輕巧的三十歲男人，我很欣賞他在《阿爾克提斯》中扮演的死神。

尙有另三個角色：弗拉迪米爾和埃斯特拉貢，那對無依無靠的流浪者；以及果陀的信使，一個小男孩。好演員多於可供扮演的角色，這很麻煩，因爲我知道，對我所面試過的那些演員來說，參加演出這齣戲是多麼重要。三個演員似乎都特別有才能：在《阿爾克提斯》中扮演死神的弗利博爾・托皮奇（Velibor Topić）、在《阿爾克提斯》中扮演赫拉克勒斯的伊祖丁（「伊佐」）・巴伊羅維奇（Izudin "Izo" Bajrović）和

2 英語everyman字面意思是「每個男人」。

在克爾萊扎的戲中擔當主角的納達・狄祖雷夫斯卡（Nada Djurevska）。

於是，我想到，我可以設計三對弗拉迪米爾和埃斯特拉貢，讓他們齊齊上舞台。弗利博爾和伊佐似乎可以扮演那對最強大、動作流利的一對；沒有理由不利用貝克特所設想的，也即把兩個男子擺在中間；他們兩側，舞台左邊將有兩個女人，右邊將有一個女人和一個男人——讓那對男女的主題有三個變奏。

由於找不到兒童演員，而我又不敢起用非職業演員，所以我決定把信使變成一個成年人：有男孩臉的米爾扎・哈利洛維奇（Mirza Halilović），他是一位很有天分的演員，並且碰巧是整個演員陣容中英語講得最好的。在另八名演員中，有三人完全不懂英語。讓米爾扎擔當傳譯員，幫了一個大忙，這樣我就可以同時跟每個人溝通。

在排練的第二天，我已開始在三對弗拉迪米爾和埃斯特拉貢之中分派對白。我以前曾用外語導演過，就是在義大利都靈（Turin）的永久劇院（Teatro Stabile）導演皮藍德婁的《如你對我的渴望》（*As You Desire Me*）。但我懂得一點義大利語，而我初抵塞城時，我的塞爾維亞–克羅埃西亞語（或塞拉耶佛人所謂的「母語」，因爲「塞爾維亞–克羅埃西亞語」現在已難以啓口）僅限於「請」、「你好」、「謝謝」和「現在不行」。我帶了一本英語—塞克語常用手冊，幾本《果陀》英語和法語版平裝本，以及一個放大複印的文本，「波士尼亞」譯本一到手，我就用鉛筆把它逐行抄入放大本裡。我還逐行把英語和法語抄入波士尼亞譯本裡。在大約十天內，我已可以用我的演員所講的語言背誦貝克特這個劇本了。

我的演員陣容是不是多種族的？很多人這樣問我。如果是，演員之間可有發生衝突或緊張，或者，就像紐約此間某人問我的，他們「彼此能相處嗎」？

不用說，我的演員陣容是多種族的——塞拉耶佛的人口是如此混雜，異族通婚是如此普遍，根本就很難召集一群不代表三個種族身分的人。後來我得知弗利博爾・托皮奇（第一個埃斯特拉貢）有一位穆斯林母親和一位克羅埃西亞父親，儘管他有一個塞爾維亞姓氏；而伊內斯・凡科維奇（波佐）則必須被當成克羅埃西亞人，因爲伊內斯是克羅埃西亞名，而她生於海濱城市斯普利特（Split）並在那裡長大，三十年前遷居塞拉耶佛。米利亞娜・齊羅耶維奇（Milijana Zarojević）（第二個埃斯特拉貢）的父母都是塞爾維亞人，而伊雷娜・穆拉穆希奇（Irena Mulamuhić）（第三個埃斯特拉貢）至少有一位穆斯林父親。我無法弄清所有演員的種族來源。他們知道他們的籍貫，並視做理所當然，因爲他們全都是同事——他們曾在很多齣戲中演出——和朋友。

是的，他們和睦相處。

這類問題表明，提問者接受了侵略者的宣傳：這場戰爭是由古老的仇恨挑起的；這是一場內戰或分裂戰，而米洛塞維奇（Milosević）試圖挽救聯盟；在鎮壓波士尼亞人（塞爾維亞的宣傳常常把他們當成土耳其人）時，塞爾維亞人是在把歐洲從穆斯林基本教義派手中挽救出來。也許，如果有人問我在塞拉耶佛有沒有看到很多戴面紗或方披巾的婦女，我不應吃驚；你不能低估一般人對穆斯林的陳套樣板看法是如何形成「西方」對塞爾維亞在波士尼亞的侵略行徑的反應。

這類成見，亦可解釋——這是我常常被問及的另一個問題——爲何其他自視爲有政治承擔的外國藝術家和作家沒有主動來塞拉耶佛做點什麼。危險不是唯一的理由，儘管大多數人都說這是他們不考慮訪問塞拉耶佛的理由；確實，1937年去巴塞隆納（Barcelona）

與1993年去塞拉耶佛一樣危險。我懷疑，最終的理由是無法去認同受害者——被「穆斯林」這個流行語加強異族感。當我提到在圍城開始之前，一個中產階級的塞拉耶佛人更有可能去維也納聽歌劇而不是走上大街去清眞寺時，哪怕是美國和歐洲一些有識之士，也似乎由衷地感到吃驚。我指出這點，不是爲了說明無宗教的歐洲城市人的生活在本質上比德黑蘭或巴格達或大馬士革的信眾更有價值——每一種人類生活都有一種絕對價值——而是因爲我希望人們更清楚地明白這點：也即恰恰是因爲塞拉耶佛代表著世俗的、反部落的理念，它才成爲毀滅的目標。

事實上，塞拉耶佛虔誠的宗教信徒的比例，大概相當於倫敦或巴黎或柏林或維也納的土生居民。在戰前的塞拉耶佛，一名世俗的穆斯林與一名塞爾維亞人或克羅埃西亞人結婚，並不比某個來自紐約的人與某個來自麻省或加州的人結婚稀奇。在塞爾維亞人發動襲擊之前那年，塞拉耶佛百分之六十的婚姻，是不同宗教背景人士之間的通婚——這是世俗主義的最佳指標。

茲德拉夫科・格雷博（Zdravko Grebo）、哈里斯・帕索維奇、米爾薩德・普里瓦特拉（Mirsad Purivatra）、伊澤塔・格拉德維奇（Izeta Gradević）、阿梅拉・西米奇（Amela Simić）、哈桑・格盧希奇（Hasan Gluhić）、阿德米爾・克諾維奇（Ademir Kenović）、澤赫拉・克雷霍（Zehra Kreho）、弗里達・杜拉科維奇（Ferida Duraković）和我在那裡的其他穆林斯裔，他們是穆斯林就像我是猶太人——即是說，幾乎不算是。應該說，我的猶太人身分比他們的穆斯林身分更明顯才對。我的家族已有三代人完全世俗化，但是，就我所知，我是一個信仰同一宗教至少已達兩千年的未中斷的家族的後裔，我的膚色和各種特徵表明我是歐洲猶太人某個旁系（可能源自西班牙系猶太人）的後裔，而穆斯林裔的塞拉耶佛人則來自信奉伊斯蘭最多只有五百年的家庭（在波士尼亞成爲鄂圖曼帝國一個省的時候），他們在心理上認同他們的南部斯拉夫鄰居、配偶和同胞，因爲他們事實上是信奉基督教的南部斯拉夫人的後裔。

存在於本世紀的穆斯林信仰，已是由土耳其人帶來的溫和的遜尼派信仰的稀釋版本，根本就沒有如今所稱的基本教義。當我問朋友們，他們家族中誰是或曾經是虔誠的信徒，他們無一例外地說：我的祖父母。如果他們是三十五歲以下的人，他們通常說：我的曾祖父母。在《等待果陀》的九個演員中，唯一有宗教傾向的演員是納達，她是某位印度宗教領袖的信徒；她贈送我一冊企鵝版的《濕婆的教義》（*The Teachings of Shiva*），做爲臨別的禮物。

3

波佐：無可否認，現在仍然是白天。
（他們全都望向天空。）
好呀。
（他們停止望向天空。）

當然，並非沒有障礙。不是種族障礙，而是眞正的障礙。

最初，我們在黑暗中排練。無擺設的前舞台通常只點著三四根蠟燭，輔以我帶去的四支電筒。當我要求增加蠟燭時，我被告知，沒有蠟燭了。後來我被告知，我們得把它們省下來以供正式表演時使用。事實上，我一直不知道是誰捐出這些蠟燭；我每天早晨抵達劇院時，它們已被放置在地板上了。我是走過一條條小巷和一個個後院，才抵達位於那座獨屹式現代建築物後端的劇場邊門的，那是唯一可用的入口。劇院的前端、大堂、衣帽間和酒吧已於一年前被砲火毀壞，瓦礫還沒有清除。

帕索維奇帶著同志式的遺憾向我解釋說，塞拉耶佛的演員們預期每天只工作四小時。「我們有很多舊時社會主義制度遺留下來的壞習慣。」但我遭遇的經驗並不是這個。經過最初的困難之後——在第一週，似乎每個人都專注於別的表演和排練或應付家中事務——我已無法要求演員們更積極、更熱情些。除了圍城造成的照明問題外，主要的障礙是營養不良導致演員們疲乏，他們有很多人在上午十時抵達劇院排練前，要用幾小時排隊取水，然後提著沉重的塑膠桶登七八段樓梯。有些人需要走兩小時才能抵達劇院，當然，排練結束後還得走同樣危險的路回家。

唯一似乎有正常精力的演員，是整個班底中年紀最大的伊內斯・凡科維奇，她已六十八歲。雖然她身軀依然龐大，但自圍城開始以來，她已瘦了六十多磅，這也許是她精力充沛的原因。其他演員顯然都體重不足，容易疲倦。貝克特的「幸運」在他出場的大部分時間都必須一動不動地站著，沒有擱下他提著的那個沉重袋子。如今不超過一百磅的阿特科說，他偶爾必須把他的空皮箱擱在地板上，請我原諒他。每當我停止排練數分鐘，以改變一個動作或台詞讀法，所有演員，除伊內斯外，都會立即躺在舞台上。

另一個疲勞症狀：他們背台詞的速度比我合作過

的任何演員都要慢。在開幕前十天，他們仍需要查看劇本，直到彩排前一天，他們才背熟。要不是光線太暗使他們看不清手中的劇本，也許問題就不會那麼嚴重。一位演員如果一邊走過舞台一邊唸台詞，接著又忘記下一句台詞時，就得繞道到就近的蠟燭，看一眼他或她的劇本。（劇本是散頁的，因爲在塞拉耶佛實際上找不到訂書機和回紋針。劇本是在帕索維奇的辦公室裡用一台手動小型打字機打出的，那個色帶是自圍城以來就一直使用至今。我拿的是正本，演員們拿的是副本，這些副本大部分在任何燈光下都是很難辨認的。）

不僅他們不能看劇本，而且，除非面對面站著，否則他們幾乎看不到對方。由於缺乏任何人在白天或在電燈下擁有的周邊視覺，他們連諸如一致戴上或脫下禮帽這種簡單動作也做不到。令我絕望的是，在很長一段時間裡，我幾乎只看到他們的輪廓。在第一幕開始不久，當弗拉迪米爾「咧嘴微笑，不斷微笑，突然停止」時——在我的版本中，有三個弗拉迪米爾——我坐在距他們約十英尺的椅上，電筒橫躺在我的劇本上，那些假微笑我一個也看不到。漸漸地，我的夜視力改善了。

當然，演員背台詞慢、動作慢、經常不能專注和健忘，並非只是由於疲勞。還有分神和恐懼。每當我們聽到一聲砲響，大家都會因劇院沒有被擊中而鬆了一口氣，但是演員們都得擔心砲彈落到哪裡去了。在我的班底中，只有最小的弗利博爾和最老的伊內斯獨居。其他人每天來劇院時，都把妻子、丈夫、父母和子女留在家中，其中一些演員的住所離前線很近，就在去年被塞爾維亞人佔領的塞拉耶佛一個區域格拉巴維察（Grbavica）附近；或在塞爾維亞人佔領的機場附近的阿利帕西諾波利耶（Alipašino Polje）。

7月30日下午二時，在排練最初兩週經常遲到的納達帶來消息，上午十一時，一枚砲彈落在擅長莎士比亞角色的著名老演員茲萊科・斯帕拉沃洛（Zlajko Sparavolo）的住宅門前，斯帕拉沃洛和兩名鄰居被炸死。演員們離開舞台，悄悄走進一個毗鄰的房間。我跟著他們，第一位講話的演員對我說，這個消息尤其令大家不安，因爲直到那時，尚未有演員被炸死。（較早時，我聽說有兩名演員在砲火中各失去一條腿；我還認識內爾明・圖利奇〔Nermin Tulić〕，他在圍城最初幾個月失去兩條腿，炸斷至臀部，現在他是青年劇院的行政主管。）我問演員們，他們是否想繼續排練，除了伊佐外，大家都說想。但是，在又排練了一個小時之後，一些演員發現他們無法繼續下去。唯一提早結束排練的，就只有這一天。

我設計的佈景——盡量少擺設，我想貝克特本人可能也這樣要求——有兩層。波佐和「幸運」進場、表演，然後從一個八英尺寬、四英尺高的搖搖欲墜的平台退出，平台佔去整個舞台後部，左邊是樹；平台前部覆蓋著半透明的聚酸酯板，那是聯合國難民事務高級專員公署去年冬天運來封住塞拉耶佛那些破窗的。三對演員大部分時間留在舞台地板上，偶爾才有一個或多個弗拉迪米爾和埃斯特拉貢走上那個較高的舞台。花了幾星期的排練，他們才確立三種不同的身分。主要角色弗拉迪米爾和埃斯特拉貢（伊佐和弗利博爾）是典型的老友。經過幾次失敗的開端之後，兩個女人（納達和米利亞娜）變成另一對，她倆的親情和互相依賴中夾雜著怨懟和憤怒：四十多歲的母親和長大的女兒。最老的一對塞約和伊雷娜則扮演愛爭吵和愛發脾氣的夫妻，其原型是我在曼哈頓市區經常見到的街頭露宿者。但是，當「幸運」和波佐在舞台上時，弗拉迪米爾們和埃斯特拉貢們可以站在一起，變成既有點像希臘合唱隊又有點像這齣揭示可怕主僕關係的戲的台上觀眾。

把弗拉迪米爾和埃斯特拉貢的角色各增加至三個，需要新的舞台工作和更多複雜的沉默時刻，並導致這齣戲比通常的演出時間長很多。我很快發現，第一幕至少要演九十分鐘。第二幕會短些，我只想使用扮演弗拉迪米爾和埃斯特拉貢的伊佐和弗利博爾。但是，即使第二幕精簡和加快，全齣戲的時間也要兩個半鐘頭。而且，我無法想像讓人們坐在青年劇院的觀眾席觀看這齣戲，如果這座建築甚或毗鄰的建築被砲彈擊中，劇院那幾盞小枝型吊燈可能會砸下來。此外，僅由幾根蠟燭照著幽深的前舞台，觀眾席的三百名觀眾根本就看不到舞台上在表演什麼。但是，台前六排用木板做的座位可容納多達一百名觀眾，逼近演員。他們將會很熱，因爲那是盛夏，而且他們必須擠成一團。我知道，由於座位不夠，會有更多的人站在劇場邊門觀看每場演出（門票是免費的）。我怎可以讓沒有休息廳可休息、沒有浴室或水可洗澡的觀眾這樣一動不動、難受地坐兩個半小時？

我決定，不可演出整部《等待果陀》。我在第一幕所做的選擇，雖然演出時間長，但也意味著如此演出，僅僅使用第一幕的對白，就可以代表整部《等待果陀》。因爲，《等待果陀》可能是戲劇文獻中唯一一部其第一幕本身就是一齣完整的戲的作品。第一幕的地點和時間是：「一條鄉村道路。一棵樹。黃昏。」（第二幕則是：「翌日。同一時間。同一地點。」）雖然時間是「黃昏」，但是，兩幕所示，是一個完整的白天，白天開始時弗拉迪米爾和埃斯特拉貢再次見面（雖然他們除了性事之外，從各方面看都是一對夫婦，但他們每天黃昏分開），一見面弗拉迪米爾（二人中的強者，事事動腦筋，熱中資訊，較能抵擋絕望）就問埃斯特拉貢昨夜在哪裡度過。他們談論等待果陀（不管他是誰），努力消磨時間。波佐和「幸運」抵達，逗留一會兒，做他們的「日常工作」（弗拉迪米爾和埃斯特拉貢成爲他們的觀眾），然後離開。這之後，是洩氣和放鬆的時刻：他們又在等待。接著，信使抵達，告訴他們，他們的等待再一次是徒勞。

當然，在第一幕和其實是重演第一幕的第二幕之間存在著區別。不僅是又一天過去了，而且一切都變得更糟糕。「幸運」再也不能講話，波佐現在變得冷漠，而且已失明，弗拉迪米爾則向絕望屈服。也許我覺得，第一幕的絕望對塞拉耶佛觀眾來說已足夠，我不想讓他們在果陀不來時再一次絕望。也許我潛意識裡想建議，讓第二幕不同吧！因爲，恰恰由於《等待果陀》是如此適宜闡明塞拉耶佛人此刻的感受——失望、飢餓、沮喪，等待一股難測的外力來拯救、保護他們——似乎也適宜只演出《等待果陀》的第一幕。

4

天啊，天啊……

——摘自「幸運」的獨白

塞拉耶佛人過著受盡折磨的生活；這是一部受盡折磨的《等待果陀》。伊內斯像波佐一樣，富於戲劇性的風華，阿特科則是我所見最振奮人心的「幸運」。阿特科曾受過芭蕾舞訓練，又是戲劇學院的動作教師，他迅速掌握衰老的姿勢，並對我就「幸運」的自由之舞所提的建議做出富於創造性的反應。練「幸運」的獨白花去較長時間，這獨白做爲表現胡說八道的效果，在我所看過的每一齣《等待果陀》演出中（包括貝克特本人1975年在柏林席勒劇院導演的那齣），就我的品味而言，都唸得太快。我把它分成五個部分，然後逐句討論，做爲一種爭議、做爲一系列的影像和聲音、做爲一種哀嘆和做爲一種呼喊。我要阿特科把貝克特對神的冷漠和無動於衷，對殘忍、僵化的世界所做的詠嘆傳達出來，彷彿眞有其事似的。確實眞有其事，尤其是在塞拉耶佛。

我一直覺得，《等待果陀》是一部絕對現實主義的戲劇，儘管它通常被演繹成簡約主義或雜耍似的風格。塞拉耶佛的演員們按他們的傾向、性情、以前的戲劇經驗和現在（殘暴的）環境最有能力表演的這部《等待果陀》，以及我選擇來導演的這部《等待果陀》，是充滿痛苦、充滿巨大悲傷以及（在臨結尾處）充滿暴力的。信使由一個魁梧的成年人擔當，意味著當他宣佈壞消息時，弗拉迪米爾和埃斯特拉貢不僅可以表達失望，而且可以表達狂怒：可以粗暴對待他，而如果這個角色由小孩來扮演，他們就不能這樣對待他。（還有，他們一共有六人，而不是兩人，而他只有一人。）在他逃走之後，他們平息下來，陷入漫長、可怕的沉默。這是極度哀婉動人的契訶夫式的時刻，一如《櫻桃園》（*The Cherry Orchard*）臨尾時，那位年邁的男管家費爾斯醒來，發現房子已被遺棄，就剩他一個人。

在演出《等待果陀》和這第二次逗留塞拉耶佛期間，感覺就像重複一次相同的循環似的：市中心遭到自圍城以來最嚴重的幾次砲轟（有一天，塞拉耶佛遭到近四千枚砲彈的襲擊）；重燃美國干預的希望；親塞爾維亞的聯合國維和部隊指揮部再次較柯林頓棋高一著（如果用棋高一著一詞來描述這總統的優柔寡斷不是太強烈的話），該指揮部宣稱干預會危及聯合國的部隊；塞拉耶佛人持續增加的絕望和對世界的不信任；一次模擬的停火（即是說，僅有少量的砲轟和狙擊，但是由於更多人冒險上街，因此每天被殺和傷殘的人數幾乎跟停火前一樣多）；諸如此類，諸如此類。

演員們和我試圖避免講有關「等待柯林頓」的笑話，但是我們在7月底幾乎就是如此等待，當時塞爾維亞人攻陷或似乎攻陷了就在機場附近的伊格曼山。佔領伊格曼山將使他們可以直接向市內開砲，這時人們又再升起希望，以為美國將空襲塞爾維亞人的砲陣，或至少解除武器禁運令。雖然人們因害怕失望而不敢寄以希望，但是，與此同時，誰也不敢相信柯林頓竟然又重提干預又再次什麼也不做。參議員拜登（Biden）7月29日在參議院發表講話，振振有詞地支持干預，當一位記者朋友把十二頁模糊的衛星傳眞講稿拿給我看時，我也曾寄予希望。假日旅館擁擠著大批等待塞拉耶佛淪陷或美國干預的記者，該旅館是唯一仍在運作的酒店，位於市中心西邊，距最近的塞爾維亞狙擊手們僅四個街口；一名酒店職員說，自1984年冬季奧運會以來，該酒店從未如此爆滿。

有時候我想，我們並不是在等待果陀或柯林頓。我們是在等待我們的道具。似乎哪裡也找不到「幸運」的皮箱和野餐籃子、波佐的煙嘴（替代菸斗）和假髮。至於埃斯特拉貢慢慢、津津有味地咀嚼的胡蘿蔔：直到開幕前兩天，我們排練時只能以三條圓麵包頂替——我每天早晨都從假日旅館餐室搜來一些圓麵包（是早餐供應品）給演員、助手和那個好不容易才找到的舞台管理員吃。我們等到排練一週後，才找到一條波佐用的繩子；而伊內斯鬧情緒是可以理解的，因爲在排練了三星期之後，她仍沒有一條夠長的繩、一頭合適的假髮、一個煙嘴和一個噴霧器。埃斯特拉貢們穿戴的靴和禮帽，直到排練後期才找到。而服裝（服裝設計是我提議的，草圖我在第一週就已同意）要等到開幕前一天才有。

上述一切，有些是因爲在塞拉耶佛什麼都缺乏。另一些是因爲，我得說，典型的「南方人」（或巴爾幹人）那種「明天再說吧」的習慣。（「你明天肯定會有煙嘴，」連續三週，我每天早晨都聽此老調。）但有些缺乏，是不同劇院之間對峙的結果。民族劇院一定會有道具的。爲什麼我們拿不到？在開幕前不久我才發現，我並不是唯一訪問塞拉耶佛「戲劇界」的人，原來塞拉耶佛有幾個戲劇派系，而既然我與哈里斯・帕索維奇結盟，我就甭指望其他人的善意。（相反亦然。有一次，當另一位我上次訪問時結識的導演表示願意給我寶貴的幫助，平時很理智和樂意幫忙的帕索維奇卻告訴我：「我不希望你從那個人那裡拿任何東西。」）

當然，這在其他地方也是正常的。爲什麼在被圍困的塞拉耶佛不可以呢？戰前的塞拉耶佛戲劇界一定也有同樣的宿怨、心胸狹窄和嫉妒，就像在任何其他歐洲城市。我想，我的助手們，還有道具和服裝經理奧格連卡・芬齊（Ognjenka Finci）還有帕索維奇本人，都小心地不讓我知悉，在塞拉耶佛並不是每個人都可以信任的。當我開始發覺我們的某些困難反映了一定程度的敵意甚至有人暗中搗亂時，我的一位助手悲哀地對我說：「現在你識得我們的眞面目了，你以後不會再回來了。」

塞拉耶佛並不是唯一代表某種多元主義理想的城市；很多塞拉耶佛市民認爲它是一個理想的地方：儘管它不重要（不夠大，不夠富裕），但仍然是最適合居住的地方，即使你因爲要闖天下而不得不離開它，到別處謀求眞正的發展，就像來自三藩市的人決定冒險一試，到洛杉磯或紐約碰運氣。「你無法想像以前這裡是什麼樣子的，」帕索維奇對我說。「以前它是天堂。」這種理想化的心態造成了一份尖銳的幻滅感，以致我在塞拉耶佛認識的人，如今都禁不住哀嘆這個城市的道德墮落：愈來愈多的搶劫和盜竊、匪幫、掠奪性的黑市商人、某些軍方部隊淪爲強梁、公民間的合作已蕩然無存。你會以爲他們可能會原諒他們自己，以及他們的城市。這裡連續十七個月成爲練靶場。實際上沒有市政府；因此，砲擊造成的瓦礫沒人清理、小童沒有被安排上學，等等，等等。一個被圍困的城市，遲早會變成一個無法無天的城市。

但是，大多數塞拉耶佛人毫不留情地譴責目前的情況和市內的眾多「分子」——他們是以痛苦的模糊詞語稱呼那些人的。「這裡發生任何好事，都是奇蹟，」一個朋友對我說。另一個說：「這是一個壞人的城市。」當一位英國攝影記者送給我們九支寶貴的蠟燭時，有三根立即就消失了。有一天，當米爾扎在舞台上的時候，他背包裡的午餐——一大塊自製的麵包和一個梨——不見了。這不可能是某位演員所爲。但也有可能是任何人，例如某個舞台工作人員或在排練期間進進出出的任何一位來自戲劇學院的學生。發現這次被盜事件，令我們大家都很沮喪。

雖然很多人想離開，並且一有機會就要離開，但出人意表的是，有頗多人表示他們的生活並非不可忍受。「我們可以永遠這樣生活下去，」我4月份訪問時的一位朋友、當地記者赫爾沃杰・巴蒂尼奇（Hrvoje Batinić）說。「我可以這樣生活一百年，」一位新朋友澤赫拉・克雷霍——民族劇院編劇——有一天晚上對我說。（兩個人都是快到四十歲的人。）有時候我也有這種感覺。

當然，我還是不同的。「我十六個月沒洗澡，」一位中年主婦對我說。「你知道那種感覺嗎？」我不知道；我只知道六個星期沒洗澡的感覺。我很亢奮，很精力充沛，因爲我正在做的工作帶來的挑戰，因爲跟我合作的每個人都勇敢和熱情——但我永遠無法忘記他們是多麼困難，以及他們的城市的未來是多麼無望。使我不那麼難熬以及使我相對能忍受危險的，除了因爲我可以離開而他們不能外，還因爲我全神貫注在他們身上和貝克特的戲上。

5

直到開幕前一週，我都不覺得這齣戲會很好。我擔心我爲那個兩層的舞台和九名演員而構思的舞蹈動作和情感設計，在如此短的時間裡對他們來說可能太複雜，無法完全掌握；也有可能僅僅是因爲我的要求不像我應有的那樣嚴格。我的兩位助手和帕索維奇都對我說，我太和善了，太「母性」了，還說我應時不時發發脾氣，尤其是應威脅要撤換那些仍未背熟台詞的演員。但我還是按照我的方式，希望不會太壞；可是，在最後一週，他們突然好轉，一切都協調起來，到彩排時，我覺得這齣戲終於能夠感人，不斷地引人入勝，做得很好，不致愧對貝克特的劇本。

我亦對《等待果陀》引起國際傳媒的廣泛注意感到吃驚。我只把我要去塞拉耶佛導演《等待果陀》告訴過幾個人，心想等事情完結後再寫篇文章談談。我忘記我將住在一座新聞記者的集體宿舍裡。我抵達後第一天，我便要在假日旅館的大堂和餐室接受訪問，回答各種問題。第二天、第三天也是如此。我說我沒有什麼好說的，我仍在面試演員；然後說演員們仍只是坐在桌前大聲唸台詞；然後說我們剛在開始舞台上排練，幾乎沒有照明，沒有什麼可看的。

但是，當我跟帕索維奇提到記者們的要求和我不想讓演員們分心時，我才知道他已爲我安排了一場記者招待會，還說他希望我讓記者們去看排練，接受記者採訪，盡量宣傳，不只是爲了這齣戲，而且是爲了一次我並未想到我要參與其中的活動：塞拉耶佛國際戲劇電影節，哈里斯・帕索維奇是總監，他繼《阿爾克提斯》之後搬演的第二齣戲就是我的《等待果陀》。當我爲即將造成的干擾而向演員們道歉時，我發現他們也是希望記者們來。我問過塞拉耶佛的朋友們，他們全都告訴我，報導這齣戲「對塞拉耶佛有好處」。

因此我順從地改變不接受任何人採訪的政策。這很容易，不僅因爲演員們和帕索維奇的意思，而且因爲我根本就看不到任何報刊或電視上的東西（就連假日旅館的新聞記者也要等到他們離開塞拉耶佛之後才看得到他們自己寫的報導）。不過，使我感到遺憾的是，最初兩週的一連串採訪意味著：大多數報導是在演員們尚未背熟台詞，以及我有關這齣戲的想法尚未成熟的時候寫的。

問題當然是，塞拉耶佛的任何文化活動都只是來這裡報導戰爭的通訊員和記者們的副產品。申明你動機眞誠，反而會強化懷疑，如果一開始就有懷疑的話。最好是什麼也不說，而我的初衷正是如此。談論你正在做什麼似乎是——也許，無論你的意圖是什麼，都會變成——一種自我宣傳的形式。但這剛好是當代媒體文化所期望的。我的政治觀點——我堅持認爲聯合國維和部隊正在扮演的角色是可恥的，堅持是「塞爾維亞–聯合國在圍攻塞拉耶佛」——都無一例外地被刪除。你希望採訪文章是寫這些方面，但結果卻是——在媒體世界——寫你。

如果只是我個人對外國某些有關我在塞拉耶佛工作的報導感到不舒服，那就不值得一提。但是，它卻頗能說明諸如波士尼亞這類連續報導是如何被傳播出去和人們是如何反應的。

電視、報刊和電台報導是這場戰爭的一個重要部分。在4月份，當我聽聞法國知識分子安德烈・格魯克斯曼（André Glucksmann）在其二十四小時的塞拉耶佛之行期間，對出席他的新聞發佈會的當地記者們解釋說，「戰爭如今是一次媒體事件」以及「戰爭的輸贏是在電視上」時，我自忖道，你敢不敢對所有在這裡失去手腳的人這樣說。但是，在某種程度上，格魯克斯曼這番猥褻的話是說對了。並不是因爲戰爭完全改變其性質，從而僅僅是或主要是一次媒體事件，而是因爲媒體的報導成爲主要的關注對象，以及媒體的關注本身有時候變成主要新聞。

一個例子。在假日旅館的記者中，我最要好的朋友是英國廣播公司那位令人佩服的艾倫・力圖（Allan Little），他參觀該市的一家醫院，被領去探視一名半昏迷的五歲女童。一枚迫擊砲炸死了她母親，並造成她頭部嚴重受傷。醫生說，如果不用飛機把她載到一間可以給她做頭部掃瞄並給她精心治療的醫院，她就會死去。有感於女童的悲慘遭遇，艾倫開始在報導中談論她。他的報導好幾天都沒有反應。接著，其他記者也報導此事，於是「小艾爾瑪」（Little Irma）的個案日復一日變成英國小報的頭版新聞，並且實際上變成電視新聞上唯一的波士尼亞報導。渴望公眾見到他有所行動的英國首相約翰・梅傑（John Major）派一架飛機把女童接到倫敦。

接著是反效果。艾倫最初並不知道這個故事已變得這麼重要，接著感到高興，因爲這意味著壓力起作用，使這孩子可以離開。可是，有人抨擊「媒體馬戲團」利用孩子的苦難，這使艾倫感到沮喪。批評者說，把焦點集中於一個孩子，是道德墮落，因爲尚有數以千計的兒童和成人，包括很多截肢者和下身癱瘓者被冷落在塞拉耶佛那些人手不夠、醫療設備不足的醫院裡，他們因爲聯合國（不過這是另一個故事了）而未獲准被運走。這事情値得去做——設法挽救一個孩子的生命，總比什麼都不做好——應是很明顯的，而事實上結果其他人也被運出去了。但是，一篇應該被用來講述塞拉耶佛醫院的慘況的報導，卻淪爲一場有關報界行事的爭論。

這是本世紀歐洲第一場被世界報章追蹤並每晚在電視上播出的滅族戰爭。在1915年，沒有記者每天從亞美尼亞向世界報章發出報導，達豪（Dachau）和奧斯威辛（Auschwitz）集中營也沒有外國攝製組。在發生波士尼亞滅族戰爭以前，我們也許會覺得——實際上這是那裡很多最好的記者例如《新聞日報》的羅伊・古特曼（Roy Guttman）和《紐約時報》的約翰・柏恩斯（John Burns）的信念——如果把事情報導出來，世界會有些行動。對波士尼亞滅族戰爭的報導則終止了這種幻想。

報紙和電台報導，尤其是電視報導，極其詳盡地展示了波士尼亞的戰爭，但是由於世界上少數做出政治和軍事決定的人不想干預，這場戰爭變成了另一場遙遠的災難；在那裡受苦和被殺害的人變成了災難的「受害者」。受苦是肉眼可看到的，並且可以看到特寫鏡頭；而毫無疑問，很多人對受害者深感同情。但無法記錄的是——沒有一種想終止這份苦難的政治願望：更確切地說，是決定不干預波士尼亞。干預波士尼亞主要是歐洲的責任，而決定不干預的根源，是傳統上有親塞爾維亞傾向的法國外交部和英國外交部。這個決定是透過聯合國佔領塞拉耶佛來實施的，並且基本上是由法國執行的。

我不相信電視批評者的標準理據，他們認爲在小螢幕上觀看恐怖的事件，與其說是使事件變得眞實，不如說是使事件變得遙遠。應該說，是在沒有採取行動阻止戰爭的情況下繼續報導戰爭，才使得我們都變成純粹的旁觀者。是我們的政客而不是電視使歷史變得恍若重播。我們厭倦於觀看同一個節目。如果它顯得不眞實，那是因爲它既如此駭人，又是如此明顯地無可阻止。

就連塞拉耶佛人有時候也說，他們也覺得不眞實。他們處於一種震撼狀態，這種震撼沒有減少，而是換上了不信的辭令（「這種事情怎會發生？我仍然不相信有這種事情。」）他們確確實實地吃驚，對塞爾維亞人的殘暴，對他們此刻不得不要過的這種嚴峻和極端陌生的生活。「我們活在中世紀，」某個人對我說。「這是科幻小說，」另一個朋友說。

人們問我，我在塞拉耶佛的時候，那裡的情況對我來說是不是顯得不眞實。實際情況是，自從我開始去塞拉耶佛——今年冬季我希望導演《櫻桃園》，讓納達飾演拉內夫斯基夫人，弗利博爾飾演洛帕希恩——它似乎是世界上最眞實的地方。

《等待果陀》於8月17日開幕，舞台上點著十二根蠟燭。那天是星期二，有兩場演出，一場在下午二時，另一場在下午四時。在塞拉耶佛，只有日戲，入夜後幾乎沒人外出。很多人進不來。在第一場演出期間，我非常緊張。演出第三場時，我開始能夠從觀眾的角度看它。現在可以不必擔心伊內斯在吞嚥她那隻紙漿做的雞時不小心讓連著她和阿特科的那條繩子鬆脫下來，或扮演第三個弗拉迪米爾的塞約在突然跑去撒尿前忘記不斷換腳步。戲現在是屬於演員們的了，而我知道他們會演好它。在8月19日下午二時那場，演出臨近結尾，在信使宣佈果陀先生今天不會來，但明天肯定會來之後弗拉迪米爾們和埃斯特拉貢們陷入悲慘的沉默期間，我的眼睛開始被淚水刺痛。弗利博爾也哭了。觀眾席雀鴉無聲。唯一的聲音來自劇院外面：一輛聯合國裝甲運兵車轟隆隆輾過那條街，還有狙擊手們槍火的劈啪響。

1993

（譯自文集《重點所在》）

文字的良心

THE CONSCIENCE OF
WORDS

譯◎黃燦然

本文原為演講詞，乃桑塔格2001年5月9日於耶路撒冷獎頒獎典禮上發表的演說。文稿曾於2001年6月10日的《洛杉磯時報書評》（*The LA Times Book Review*）刊載。

美國作家和批評家蘇珊・桑塔格獲得兩年一度的「耶路撒冷獎」，這個由耶路撒冷國際書展頒發的國際獎，授予其作品探討社會中的個人自由的作家。自1963年設立以來，獲獎的作家包括阿根廷作家波赫士（Jorge Luis Borges）、法國作家波娃（Simone de Beauvoir）、波蘭詩人赫伯特（Zbigniew Herbert）、英國作家葛林（Graham Greene）、捷克作家昆德拉（Milan Kundera）、南非作家柯慈（J. M. Coetzee）和美國作家德利洛（Don DeLillo）等。以下是桑塔格2001年5月9日在耶路撒冷發表的演說。她在演說中有批評以色列之處，這篇演說，連同她2001年9月份在《紐約客》批評美國的文章，皆是逆耳之言，並引起爭議。

我們爲文字苦惱，我們這些作家。文字有所表。文字有所指。文字是箭。插在現實厚皮上的箭。文字愈隱含惡兆、愈普遍，就愈像一個個房間或一條條隧道。它們可以擴張，或塌陷。它們可以充滿霉味。它們會時常提醒我們世上的其他房間，那些我們更願意住入或以爲我們已經居住其中的其他房間。有些空間我們已喪失入住的技藝或智慧。慢慢地我們不知道如何去入住的內心的種種意圖將會被棄置，被木板釘上、關閉。

例如，我們所說的「和平」是指什麼？是指沒有鬥爭嗎？是指遺忘嗎？是指原諒嗎？或是指一種無比的倦意、一種疲勞、一種積怨的徹底清除？

我覺得，大多數人所說的「和平」，是指勝利。勝利在他們那邊。對他們來說，這就是「和平」；而對其他人來說，和平則是指失敗。

若原則上，和平是大家所渴望的，但是，如果和平需要某方放棄有法理根據的要求，那最可能的後果是不全面、但間歇不斷的戰爭。這樣一來，呼籲和平就會讓人覺得縱使不是欺騙性的，也肯定是不成熟的。和平變成一個人們再也不知道該如何居住的空間。和平需要人再開墾，再殖民……

而我們所說的「榮譽」又是指什麼呢？

榮譽做爲檢驗個人德行的嚴厲標準，似乎已屬於某個遙遠的年代。但是授予榮譽的習慣——討好我們自己和互相討好——卻繼續盛行。

授予某個榮譽，意味著確認某個被視爲獲普遍認同的標準。接受一個榮譽，意味著某人相信了片刻這是應得的。（一個人最應說的合乎禮儀的話，是自己還不算配不上。）拒絕人家給予的榮譽，則似乎是粗魯、存心掃興和虛僞的。

通過歷年來選擇的得獎人，一個獎會積累榮譽——以及積累其授予榮譽的能力。

不妨根據這個標準，考慮一下其名字有點爭鋒性的「耶路撒冷獎」。在相對的短暫歷史中，此獎曾被授予二十世紀下半葉一些最好的作家。雖然根據任何明顯的標準，這個獎都是一個文學獎，但它卻不叫做「耶路撒冷文學獎」，而叫做「社會中的個人自由耶路撒冷獎」（The Jerusalem Prize for the Freedom of the Individual in Society）。

獲得這個獎的所有作家都曾眞正致力於提倡「社會中的個人自由」嗎？這就是他們——我現在必須說「我們」——的共同點嗎？

我不這樣想。

他們代表著一個覆蓋面很大的政治意見的領域，

不僅如此，他們之中有些人幾乎未曾碰過這些巨大的字眼：自由、個人、社會……

但是，一個作家說什麼並不重要，重要的是那個作家是什麼。

作家們——我指的是文學界的成員們——是堅守個人視域的象徵，也是個人視域的必要性的象徵。

我更願意把「個人」當成形容詞來使用，而不是名詞。

我們的時代對「個人」的無休止的宣傳，在我看來似乎頗値得懷疑，因爲「個性」本身已愈來愈變爲自私的同義詞。資本主義社會讚揚「個性」和「自由」，是保障其既得利益。「個性」和「自由」可能只不過是意味著無限擴大自我的權利，以及逛商店、採購、花錢、消費、追逐潮流地令一切迅即過時的自由。

我不相信自我的修飾含有任何固有的價値。我還覺得，任何文化（就這個詞的慣用意義而言）都有一個利他主義的標準，一個關心別人的標準。我倒是相信一種固有的價値存在於——擴大我們對人類生命的可能性的認識。如果我曾受文學感召而投身其中（先是讀者，繼而是作家），那是因爲它擴大我的同情：對別的自我、別的範疇、別的夢想、別的文字、別的關注領域的同情。

做爲一個作家，一個文學的創造者，我在敘述又同時反覆思量。各種理念牽動我。但長篇小說不是由理念而是由形式構成的。語言的各種形式。表述的各種形式。未有形式之前，我腦中並沒有故事。（誠如納博科夫所言：「事物的樣式先於事物。」）還有小說，不言而喻，是由作家對文學是什麼或可以是什麼的感知構成的。

每個作家的作品，每種文學行爲，都是或等於是對文學本身的闡述。捍衛文學已成爲作家的主要題材之一。但是，誠如王爾德所說，「藝術中的眞實是：其對立面也同樣眞實。」我想套用王爾德這句話說：文學的眞實是：其反面也同樣眞實。

因此，文學——我這是診斷式的說法，而不單是描述性的說法——是自覺、懷疑、顧忌、挑剔。它還是——再次，既是診斷式的說法，又是描述性的說法——發乎其中的滿溢、歌唱、頌揚、祝福。

有關文學的各種理念——與有關（譬如說）愛的理念之不同處是——幾乎總是在對別人的理念做出反應時才提出來。它們是反應性的理念。

我這樣說，是因爲我有這個印象，也即你們——或大多數人——是這樣說的。

因此我想讓出一個空間，給予一種更大的熱情或不同的實踐。不同的理念發出允許——而我想允許一種不同的感情或實踐。

我說這而你們說那，不僅因爲作家們有時是專業抬槓者。不僅要糾正難以避免的不平衡或一邊倒或任何具有制度性質的實踐——文學也是一種制度——還因爲文學根植於各種充滿矛盾的強烈願望。

我的觀點是，對文學做出任何單一的闡釋，都是不眞實的——也即簡化的；只不過爲好辯而提出的。要眞實地談文學，就必須談其（似非而是的）許多詭弔（paradox）。

因此，每一部有意義的文學作品，配得上文學這個名字的文學作品，都體現一種獨一無二的理想，獨一無二的聲音。但文學也是一種積累，它體現了豐富多元、甚或濫交式的理想。

我們可以想到的每一個文學概念——做爲社會參與的文學、做爲追求私人精神強度的文學、民族文學、世界文學——都是，或有可能變成虛榮，一種精神上的自滿和自讚自詡的形式。

文學是一個由各種標準、各種抱負、各種忠誠構成的系統——一個多元系統。文學的道德功能之一，是使人接受多樣性的價值觀的教化。

當然，文學必須在一些界限內運作。（就像所有人類活動。唯一沒有界限的活動是死亡。）問題是，大多數人想劃分的界限，會窒息文學的自由：限制其可能性、其創造性、其令人激動不安的潛能。

我們生活在一種致力於使不同的貪慾大一統的文化裡，而在世界廣闊而燦爛的多樣性語言中，有一種語言——我講和寫的語言——現已成爲主導語言。在世界範圍內，以及在世界眾多國家數量龐大的人口中，英語扮演了拉丁語在中世紀歐洲所扮演的角色。

但是，隨著我們生活在一個日益全球化、跨國界的文化中，我們也陷於眞正的族群或剛自組而成的族群的日益分化的要求中。

那些古老的人文理念——文字、世界文學的共和國——正到處遭受攻擊。對某些人來說，它們似乎太天眞了，還受到其源頭的玷污。該源頭正是歐洲的普遍價值的——某些人會說是歐洲中心的——偉大理想。

近年來，「自由」和「權利」的概念已遭到怵目驚心的降級。在很多社會中，集團權利獲得了比個人權利更大的重量。

在這方面，文學的創造者所做的，絕對可以提高言論自由和個人權利的公信性。即使當文學的創造者把他們的作品用於服務他們所屬的群體或社會，他們做爲作家所取得的成就也有賴於超越這個目標。

使某一作家變得有價值或令人讚賞的那些品質，都可以在該作家獨一無二的聲音中找到。

但是這獨一無二的聲音是私下培養的，又是在長期反省和孤獨中訓練出來的，而它會不斷受到作家被感召去扮演的社會角色的考驗。

我不質疑作家參與公共問題辯論、與其他志趣相投者追求共同目標和團結一致的權利。

我也不覺得這種活動會使作家遠離產生文學的那個隱遁、不合常規的內在場所。幾乎所有構成豐盛人生的其他活動，也都令作者拋頭露面。

但是，受良心或興趣的驅使，自願去參與公共辯論和公共行動是一回事；製造意見——爲傳媒提供片言隻語的說教——則是另一回事。

不是：去過哪兒，幹過些什麼事。而是：支持這，反對那。

但是一個作家不應成爲生產意見的機器。誠如我國一位黑人詩人被其他美國黑人責備其詩作不曾抨擊可恨的種族主義時所說的：「作家不是投幣式自動唱機。」

作家的首要職責不是發表意見，而是講出眞相……

以及拒絕成爲謊言和假話的同謀。文學是一座房子：充滿細微差別和相反的意見，對抗那些把一切簡化的聲音。作家的職責是使人們不輕易聽信於搶掠我們思想權利的人。作家的職責是讓我們看到世界本來的樣子，即是充滿各種不同的要求、區域和經驗。

作家的職責是描繪各種現實：各種惡臭的現實、各種狂喜的現實。文學提供的智慧之本質（文學成就之多元性）乃是幫助我們明白無論眼前發生什麼事情，都永遠有一些別的事情在此刻發生。

我被「那些別的事情」困擾著。

我被我所珍視的各種權利的衝突和各種價值的衝突困擾著。例如——有時候——講出眞相並不會帶來更多的公義。再如——有時候——爲求公義可能令頗大部分的眞相要被壓制。

許多二十世紀最受矚目的作家，在充當公眾聲音的活動中，爲了支持他們認爲是（在很多情況下曾經是）正義的活動，而成爲壓制眞相的同謀。

我自己的觀點是，如果我必須在眞相與正義之間做出選擇——當然，我不想選擇——我會選擇眞相。

當然，我相信正當的行動。但那個行動的人是作家嗎？

有三樣不同的東西：講，也即我此刻正在做的事；寫，也即使我獲得這個無與倫比的獎的活動，不管我是否有資格；以及做人，也即做一個相信要積極地與其他人憂患與共的人。

就像羅蘭・巴特曾經說過的：「……講的人不是寫的人，寫的人不是那個人自己。」

當然，我有各種意見，各種政治意見，其中一些是在閱讀和討論以及反省的基礎上形成的，而不是來自直接經驗。讓我跟你們分享我的兩個意見——鑑於我基於一些有直接見聞的課題所持的公開立場，我這兩個意見是頗可預料的。

我認爲，集體責任這一信條，用做集體懲罰的邏輯依據，絕不是正當理由，無論是軍事上或道德上。我指的是對平民使用不成比例的武器；拆掉他們的房屋和摧毀他們的果園或果林；剝奪他們的生計和他們就業、讀書、醫療服務、不受妨礙地進入鄰近城鎮和社區的權利……全都是爲了懲罰一些也許是甚至也許不是發生於這些平民周遭的敵意軍事活動。

我還認爲，除非以色列人停止移居巴勒斯坦土地，並盡快拆掉這些移居點和撤走集結在那裡保護移居點的軍隊，否則這裡不會有和平。

我敢說，我這兩個意見獲得這個大廳裡很多人士的認同。我懷疑——用美國一句老話——我是在對教堂唱詩班佈道[1]。

但我是做爲一位作家持這些意見嗎？抑或我是做爲一個有良心的人，然後利用我的作家身分，爲持相同意見的其他聲音添上我的聲音？一位作家所能產生的影響純粹是偶然附加的，而如今已成爲名流文化的某個層面了。

就一個人未直接廣泛體驗過的問題而散播公開意見，是粗俗的。如果我講的是我所不知道或匆促而來的知識，那我只是在兜售意見罷了。

回到開頭，我這樣說是與榮譽攸關。文學的榮譽。這是一項擁有個人聲音的事業。嚴肅作家們，文學的創造者們，都不應只是表達不同於大眾傳媒的霸權論述的意見而已。他們應對抗新聞廣播和脫口秀的集體噪音。

輿論的問題在於，表達之後就難以擺脫。而無論作家何時以作家身分活動，他們永遠看到……更多。

無論是什麼，總有什麼以外的更多。無論發生什麼事情，總有別的事情在繼續發生。

如果文學本身，如果這項進行了（在我們視野範圍內）近三千年的偉大事業體現一種智慧——而我認

[1] 意爲多此一舉。

爲它是智慧的體現，也是我們賦予文學重要性的原因——那麼這種智慧就是通過揭示我們私人和集體命運的多元本質來體現。它將提醒我們，在我們最珍視的各種價值之間，可能存在著互相矛盾，有時會有無法克服的衝突。（這就是「悲劇」的意思。）它會提醒我們「還有」和「別的事情」。

文學的智慧與表達意見是頗爲對立的。「我說的有關任何事情的話都不是我最後的話。」亨利·詹姆斯如是說。提供意見，甚至正確的意見——有問必答地——都會使小說家和詩人的看家本領變得廉價，他們的看家本領是省思，是感知複雜的人生。

資訊永遠不能取代啓迪。但是有些聽起來像是資訊的東西（不是比資訊更好的東西）卻是作家公開表達意見的不可或缺的前提，我指的是獲知消息的情況，我指的是具體、詳細、飽含歷史厚度、來自親身體驗的知識。

讓其他人，那些名流和政客，居高臨下對我們說話吧；讓他們撒謊吧。如果既是作家又是一個公眾的聲音可以帶來任何好處的話，那就是作家會把意見和判斷的表達視爲一項困難的責任。

意見的另一個問題。意見令自我呆滯不前。作家要做的，則應是助我們擺脫束縛，驚醒我們。打開同情和新的興趣的渠道。提醒我們，我們也許，只是也許，力圖使自己變得跟現在不同，或比現在更好。提醒我們，我們可以改變。

就像紅衣主教紐曼（Cardinal Newman）所說的：「在世外，那是不一樣的；但是在我們這下面，要活著就要改變，要達致完美就要經常改變。」

我所說的「完美」指的又是什麼？我不想嘗試解釋，只想說，完美令我笑出聲來。我必須立即補充，不是諷刺地，而是滿懷喜悅地。

我很高興能夠獲得「耶路撒冷獎」。我接受它，是把它當成給予所有那些致力文學事業的人士的榮譽。我接受它，是向以色列和巴勒斯坦所有以獨一的聲音和多重性的眞相創製文學的作家和讀者致敬。我接受這個獎，以受傷兼受驚的人民之間，和平與和解之名。必要的和平之名。必要的讓步和新安排之名。必要地破除彼此成見之名。必要地堅持對話之名。我接受這個獎——這個國際獎，由一個國際書展贊助——是把它當成一次尤其是向文學國際共和國表示敬意的活動。

戰爭與攝影

WAR AND PHOTOGRAPHY

譯◎陳耀成

此文原為演講詞，乃桑塔格於2001年2月22日應國際特赦協會（Amnesty International）之邀赴英國牛津大學參與其演講系列上的發言。

受苦受難的肖像可說源遠流長。苦難最常被表呈爲人怨或天譴的產物。（因天然原因而致的人類苦難，像疾病或生育，很少於藝術史上被表呈。）勞孔（Laocoön）[1]及其二子被巨蟒纏身的塑像，無數耶穌受難的圖畫及塑像，以及基督教諸聖的殉難百態——這些都會觸動我們的情緒。但這些肖像原則上並非意圖「抗議」這些災難。

把凶殘的苦難披露，意圖譴責爲不仁之行的傳統，在影像的歷史中，相對而言算是近世才出現。而其表達方式往往是平民遭受勝利軍隊的蹂躪。

這傳統早植於手製的影像時期，其最受推崇的藝術家爲雅克．卡洛（Jacques Callot）和法蘭西斯科．哥雅（Francisco Goya）[2]。自從照相機於1839年發明之後，戰爭之創痛便成爲一個廣爲散播並被奉爲正統的題材。

照片像一句引言，警句或成語，容易朗朗上口。我們每人的腦海中都有千百個攝影的影像，隨時冒上心頭。舉西班牙內戰時期最著名的照片爲例，羅勃．

1 希臘神話中的祭師，警告特洛伊人不要失陷於希臘人的木馬屠城計而觸怒天神。

2 卡洛，法國版畫家（1592-1639）；哥雅，西班牙大畫家（1746-1828）。

卡柏（Robert Capa）[3]的鏡頭「攝下」（shot）[4]的一刻，也是照片中的共和派（Republican）[5]軍官中槍倒地的一刻。我敢斷言，所有曾聽說過西班牙內戰的人，都可以從腦中召出那幀微粒粗糙的黑白照。照中人將傾頹於斜坡之上，肩向後仰，伸到空中的手將要鬆脫緊握的步槍。他剛中彈身亡。

照片爲我們辨認事件。照片令事件變得重要，也令事件難忘。「我們可能透過敘事去理解，但卻憑藉攝影去記憶。」這是大衛・瑞夫（David Rieff）在面對朗・夏懷夫（Ron Haviv）於1992至1995年間攝得的塞爾維亞人暴行照片時，有感而發的感慨之言。

始自克里米亞戰爭（Crimean War），經美國內戰，迄第一次世界大戰時期，這些最早有攝影記錄的重要戰爭中，其照片對提高公眾意識——知悉戰役的深重代價——只扮演了很次要的角色。我們之所以了解1914至1918年間歐洲戰爭這麼傷亡慘重，泰半因爲當時的戰爭藝術家的繪圖及記者的報導，而非當時前線拍得的照片。這期間發表的照片——即使其中提

[3] 名攝影家（1913-1954），堪稱近代戰地攝影之父。

[4] 英文中的shot，適用於「拍攝」及槍砲「射擊」，桑塔格這兒一語雙關，中文無法兼及。

[5] 對抗佛朗哥的左翼叛軍。

羅勃・卡柏——堪稱近代戰地攝影之父——的經典西班牙內戰「中彈的軍人照」。
仍有傳言指稱這照片是「演戲」而已。

Robert Capa/Magnum Photos

示了某種恐怖和慘禍正在肆虐——多半是以史詩或全景（panoramic）的模式攝影，且多半是展露「劫餘」（aftermath）的戰況：如戰壕劇鬥之後屍橫遍野的陰森大地；一次大戰過後法國農村滿目瘡痍的慘狀。

有關戰爭前線的定期「報導」（coverage），要到西班牙內戰時期才告出現。這是第一宗戰爭讓攝影機到處查勘，其目的是迅即發佈圖片——發佈於英法的日報及週刊上。新形態的攝影就此產生。在這之間的二十年，攝影器材變得更輕便了，即使在激戰之中也能拍照。攝影師可以貼近受害的平民或力竭襤褸的兵士獵照。西班牙內戰的照片爲日後的戰地攝影師建立了一個標竿，特別是越戰及九〇年代的巴爾幹戰亂。

馬修・布雷迪（Mathew Brady）、亞歷山大・嘉德納（Alexander Gardner）、狄摩西・奧蘇利芬（Timothy O'Sullivan）以廣角鏡獵取美國內戰遍地屍骸的照片時，並不認爲他們是在表達個人見解；與第二次大戰獵影的偉大攝影家——如瑪嘉烈・布克-懷特（Margaret Bourke-White）——的情況一樣。但當世爲我們帶來慘酷噩訊的最具氣魄的攝影家，越來越認爲自己是抱有立場的見證者和控訴者：唐・麥卡林（Don McCullin）、薩巴斯提奧・薩爾加多（Sebastião Salgado）、吉耶・貝賀斯（Gilles Peress）。最近把他的

布雷迪——第一代戰地攝影家——拍攝美國內戰的屍橫遍野的劫餘場面。

Mathew Brady/Collections of the Library of Congress

傑出影像收輯於一本名爲《地獄篇》(*Inferno*)的書中的詹姆士・拿克狄威(James Nachtwey),據說曾聲言:他一度是戰地攝影師,但如今已是一位「反戰」攝影師。

圖片新聞,有些攝影記者稱之爲「關懷攝影」(concerned photography)或「良心攝影」(the photography of conscience),已成爲抗議戰爭的主要工具。但縱使沒有這訊息,因爲照片是大眾影像——可以複印供大眾廣爲傳佈——現時我們對戰爭的了解,已主要來自拍攝的影像所帶來的衝擊。

鏡頭下的影像變成文化中不可或缺的部分。要令某危機進入新聞讀者的意識,連續不斷的攝影報導以及透過電視和錄影帶的不斷擴散,已成爲必須。對那些並非身歷其境,只不過視之爲新聞般地追讀、接收的人來說,只有被拍攝爲照片的事物才是「眞的」。

以後殖民時代的非洲這個最受世人忽略的恐怖劇場爲例。我們對非洲的慘狀的了解——知覺——主要是經由腦海中的可怕影像點出、框出,從在比夫拉(Biafra,奈及利亞)饑荒期間拍攝的照片,到1990年代中期盧安達圖西族(Tutsis)大屠殺的攝影檔案,乃至最近獅子山反抗軍聯合陣線(RUF)的暴行照:千百的小孩及成人受恐怖行動侵襲——手足被斬斷!

滿目瘡痍的俄羅斯鎮壓下的車臣（Chechen）街景。

攝影師：拿克狄威——「一度是戰地攝影師，但如今已是一位『反戰』攝影師。」

James Nachtwey/VII

然而在安哥拉（Angola）戰亂中慘酷的死傷，儘管我們見過許多證據，但因爲欠缺大量的圖片見證，於主流意識內，不曾留下什麼痕跡。

攝影同時創造出並保持了被攝事物的意義。所以人人都急於攝下值得珍惜的事物及重要場合。

有時屬實，但有時也是我們感覺如此——事物在照片中「更好看」。所以照片的一個功能是改善我們平日所見的事象。照片是讓某事物的「最佳」時刻亮相的方式。所以屋主帶人參觀新居之後，會很驕傲地把一疊這屋子的照片傳給大家看，而且絕對有不只一位的母親曾於別人充滿仰慕地看著她嬰兒車內的小寶寶之際，高聲宣佈：「你應該看看他的照片！」

美化是攝影原始的目的。而醜化（uglification）是爲了配合教化的目的，要把事物最壞的面貌展露出來。如果說美化漂淡了我們的道德反應，那麼展示其令人不忍卒睹的一面，則欲邀請觀者做出反應。震嚇可說是攝影的重點所在。因爲攝影如要控訴，它首先就得讓人震懾。

最近加拿大衛生局估計，吸煙每年奪走了四萬五千條加拿大人命！於是該局決定在香菸盒的警告句子

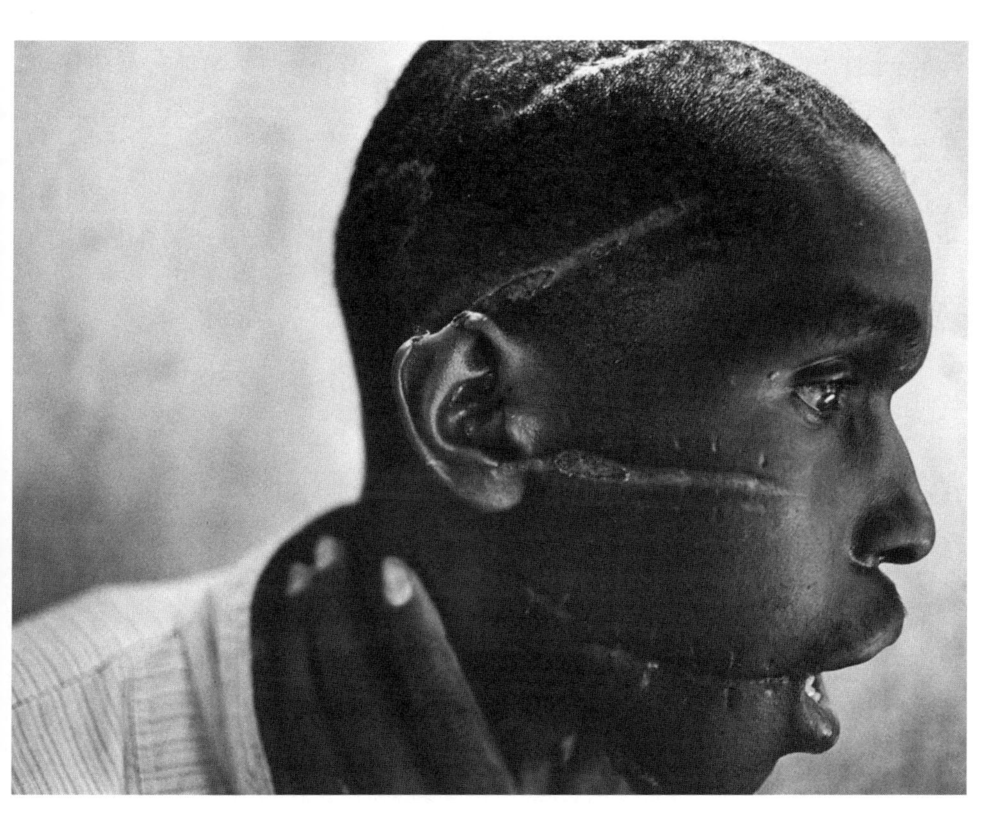

盧安達頭臉受創的倖存者。攝影師：拿克狄威。
「後殖民非洲這個最受世人忽略的恐怖劇場。」（桑塔格）
James Nachtwey/VII

旁附上照片——罹患癌症的肺部，或中風後的腦，或受損的心臟，或因牙周病而來的血淋淋的口腔。民意調查曾計算出（如何計算？），附上照片的警句比單以文字說明的效果好上六十倍。

假設真的如此。但其真確性可以維持多久？此時此刻，加拿大的煙民們在看了照片之後的確凜然生畏。但如果類似的照片從現在起連續五年一直出現在盒子上，煙民們還會受到影響嗎？

照片建立我們對現世的認知。照片建構——和修正——我們對過去的理解。

舉個例子：試看那些在1890至1930年間於美國小鎮慘遭私刑的黑人照片，對成千上萬個於2000年在紐約市看過這場展覽的觀眾來說，這些照片真恍如青天霹靂。私刑照片告訴我們人心的險惡，人可以如何泯滅天良。它同時也更具體地教誨我們：種族歧視可以衍生無窮的罪惡。與這些邪惡暴行一樣可怕的是：這些照片是拍來當做「紀念品」；還有那些不只一小撮齜牙咧嘴的旁觀者——可以肯定他們大部分是一些會在週日上教堂的好市民——在那些慘受蹂躪、已燒焦了的屍體下擺pose拍照。

美國小鎮的私刑照。黑人可以被白人暴眾吊死、閹割、燒屍……

「難以想像事件全盤的恐怖。」（里昂・利華克）

Collections of the Library of Congress

當然，在這駭人的照片展品之前，我們也淪爲旁觀者了。

爲什麼要展示這些照片？令我們驚醒震怒嗎？令我們於心不安——也就是要我們震慄及哀傷？眞有「需要」看這些圖片嗎？即便這些慘案因爲年代久遠，已無法懲治兇徒了？

研究非洲奴隸史及其影響的著名史家里昂・利華克（Leon Litwack），將這些私刑圖片輯錄成專書《庇蔭之外》（*Beyond Sanctuary*），他於書中寫道：

> 有人會批評說這攝影展的凶暴展品只投偷窺者所好，只不輟地提供黑人受害的影像。這並非一段容易吸納同化的痛史。實在很容易把這些頁面上的影像視為野蠻、喪心病狂，超越理性的範疇。這些照片正重新界定什麼是「難以置信」，甚至令我們的腦筋麻木，難以想像事件全盤的恐怖。但我們必須重新檢視這些照片以設法理解：正常男女如何於生活中容忍、參與以至維護這種暴行？他們甚至重新詮釋了這些圖片，好讓他們不致成為自己或他人眼中的非文明人。這不是某些瘋子或野蠻人突然失去常性的暴亂，而是一整個理念系統——把一群人定義為次等人——的勝

利。

利華克的看法是：我們有責任去看這些照片——不是哀弔（沒有足夠的哀弔可以挽回慘況），而是去了解。

然而我們吸納同化——相對於思考——這些暴行的能力似乎仍有問題。我們之中不是所有人都遵崇理智及良知行事。一直都有人懷疑，重新展現這些遭暴虐的軀體，也可能會撩撥起觀者心中的淫邪趣味。基於類似的想法，洛伊・波特（Roy Porter）和其他人——在談論早期基督教聖徒那些令人毛骨悚然的受難圖時——推測：歷代畫家之所以對「肉身拷虐」（torments of flesh）這主題投入得如此深切，定是因爲其中有某種聳動感官的成分。

哥雅的《戰爭的災難》（*The Disasters of War*）版畫系列中表呈的慘酷暴行、目的是喚醒、震撼、劈裂。而他的說明文字——充滿傷嘆之情的——也立場鮮明。而我們只期望照片旁的說明提供一些平淡的資料：時、地、名稱。

我們日常的用語已把哥雅的及攝影的影像區分開

來。藝術家「繪製」畫作，而攝影家「攝下」事物的面貌。然而我們不可以太堅持這一點分歧。的確，手製的影像很清楚地是一種建構——即是一個經過藝術家心智過濾的報告，可以是作者曾經或未直接目擊的事物；而拍攝的影像則自然尾隨見證，因爲照片本身是某事物的光學留痕。但是，攝影影像儘管是某些眞正發生事物的留痕，卻絕非其完滿的透視。那永遠是別人挑選過的影像；拍照就是架起一個框子，把框外的事物剔走。很久以來，只因爲照片是由一具機器拍攝，便令我們產生混淆，忽略了照片也如畫作一樣，經由藝術家「製成」。

此外，一直以來，早在數碼更動影像技術的年代之前，照片已經能夠扭曲現實。我們認定某畫作是贋品，往往是因爲證實了並非出自某畫家之手；但照片之爲「贋品」，卻經常是因爲與其聲稱拍攝記錄的現實有出入，欺騙了讀者觀眾。

若拿破崙攻打西班牙之時，哥雅描繪的法軍暴行並沒有發生，我們會認爲哥雅的版畫很虛假。但當時的虐殺不一定百分之百如版畫所繪；也許並沒有人與畫中繪像一模一樣；或背景亦被改動了。但這些情況並不能否定畫作的可信性。畫像是個報告。它指出：**類似的**事件曾經發生。

哥雅版畫系列《戰爭的災難》的「埋葬他們吧，靜默地！」。

該系列為藝術史上最早及最著名的手繪「反戰」影像之一。

相對而言，照片宣稱把事物絕對一模一樣地表呈——再現。你所見的——或你認爲你見到的照中事物——是確實曾經存在的；比方說：有人中槍。照片是目擊證人。它說：這是眞的（它是記錄，是痕跡），所以，是證據。因此，任何讓人質疑動過手腳的蛛絲馬跡，都將令照片失去作證的資格。一直以來都有傳言指稱，羅勃・卡柏的「中彈的軍人照」是虛擬的，找人扮演的。這類揣測至今仍然困擾著有關戰地攝影的討論。

哥雅的版畫不能算是證據；沒有任何手繪的影像夠資格。當然，是這支軍隊，拿破崙在西班牙的軍隊，幹出這些暴行，然而這些版畫也傳遞出更廣泛的譴責訊息，譴責所有戰爭的恐怖，譴責邪惡的人性。甚至那些能明顯提供保證，點出某流血衝突中誰是元兇的照片，年深日久之後，都會成爲對普遍的人性暴戾和獸行的指控。

通過一幀照片看到深重的苦難時，你會有一種幻覺，除了了悟痛苦與人性的凶殘之處外，你會覺得多了解了一些什麼，多了解了世上發生的事，多了解了誰是凶徒，誰是受害者，多了解了有關對與錯。

想一想越戰時代最著名的照片：一位小女孩，全身赤裸，雙手張開，身上中了凝固汽油，燒炙著她。她尖叫著，在路上疾走，向我們衝過來。這幀由尼克・尤特（Nick Ut）攝得的影像把我們對戰爭的憎惡如水晶般凝結眼前。也想想尤金・史密斯（Eugene Smith）所拍攝的日本化工廠中毒的受害者。最後讓我召來波士尼亞戰亂中一個最令人難忘的影像，《紐約時報》傑出的特派記者約翰・基夫納（John Kifner）曾爲它做了以下描寫：

> 那嚴竣、來自巴爾幹戰爭中最歷久不衰的影像之一：一位塞爾維亞的志願軍，腳踢一名回教女子的頭部。照片真令一切不言而喻。

當然，照片並未告知我們所需要知道的一切。

攝影師朗・夏懷夫告訴我們，該照片拍於1992年4月的比謝連拿鎮（Bijelina），那是塞爾維亞派兵肆虐波士尼亞的第一個月份。我們見到一位身穿軍服的士兵（沒有理由認爲他是志願軍），瀟灑年輕的背影，太陽眼鏡架在他頭上，他左手的中指與無名指間拈著根香菸，握在右手的步槍指向下，右腳提起，將要踢向行人道上、伏於兩具匍匐地面的身軀之間的一個女子。照片不曾告訴我們她是活人還是死屍。它當然也沒有告訴我們她是回教徒，雖然人們多半會把這標籤貼在她身上。

這照片不但沒有告知我們一切，甚至告知我們很少資料。是因爲我們知悉塞爾維亞是侵略者，而波士尼亞人遭攻伐，才會把照片投射性地閱讀起來。但可以說照片告訴我們，照片「知道」戰爭如地獄，年輕俊俏的青年完全可以腳踢一名肥胖的中年女性的頭顱，縱使她已伏身人行道上。

對於攝影的衝擊，可以說有兩派看法——我稱之爲福樓拜所形容的「被接受的觀念」（idée recues）[6]。因爲我發現這些意念也曾在我自己談論攝影的文章中出現——那批文章中最早的一篇寫於三十年前——我是情不自禁地與往昔之我爭辯起來。

第一種看法是：公眾的注視是由「傳媒」，即最具決定性地由影像，所引導。有圖片爲憑時，某戰事就「成眞」了。所以，像越戰抗議經由尼克・尤特的攝影推波助瀾而成氣候。也是因爲所謂「CNN效

6 指人云亦云。

攝影師：夏懷夫。

「來自巴爾幹戰爭中最歷久不衰的影像之一……令一切不言而喻。」（基夫納）

Ron Haviv/VII

應」，塞拉耶佛的圍城困境才能每晚不輟地連續三年於千萬戶的客廳螢幕上播出，終令公眾感到對波士尼亞的戰災有需要採取行動。

第二種看法可以是前述觀點——即照片對我們所關注、注視的災難與危險有框引的決定性影響，我們是藉由攝影去衡量戰況與衝突——的反面。那是說，於一個影像充斥的世界內，我們應當關注之事對我們的擊撞越來越少，因爲我們對世間禍害已生出慣性。最後，影像只令我們變得更冷漠，感受與反映的能力都受耗損。

下面這段文字錄自我1977年出版的《論攝影》，書中共收錄六篇文章，這是最早的一篇，寫於1972年：

> 影像能穿戳與震懾。影像也能麻醉。有照片為憑的事件較無照片傳播的事件要更為真實。想一想越戰的情況。（反證是那沒有照片印證的蘇聯古拉格群島[7]。）然而影像反覆曝光之後，也會變得較不真實。
>
> 適用於攝影之理論，也適用於罪惡。照片中的

[7] 史達林年代的勞改營。

> 暴行可以因為反覆觀看而令其震撼力耗損。舉世有關傷慘與不義之事的攝影目錄是如此龐大，大到令每個人對暴行都變得有點熟悉，令可怖情事都似乎頗為平常，彷彿都太熟絡而遙遠（那不過是一張照片！），而且不可避免。第一批納粹集中營的照片出現之初，那些影像絕不陳腐。然而三十年後，似乎達至一個飽和點。最近這幾十年，「關注」攝影在激動我們良心的同時，也令良知良能變得死氣沉沉。

是嗎？不對吧。

另一種有關影像無用，不能於道德意識上策動群眾的看法——那是我當年於《論攝影》中不曾提出的——卻是因爲影像蘊含內傷，因爲在某個程度上，影像帶著「感官色情」成分。公路上發生一宗傷亡慘重的車禍，而路上的行車都慢駛了。那不僅因爲司機們好奇，也因爲他們都想看到一些血淋淋的景象。人的確深刻地受這類場面吸引，而這種吸引也能挑起人們不能自已的內心矛盾。

就我所知，最早的一段承認受傷軀體之魅力的文字，也在描畫人心的掙扎。在柏拉圖的《共和國》內，有這麼一段令人驚訝的段落，具體地點出人的

「慾望」可以推翻「理智」。這類情況令人辱罵自己，爲人性的不可測陰影震怒。這段落出現在柏拉圖建立其心靈功能三重論——理智、憤懣與恚怒、嗜好或慾望——之時，這三重論遙啓佛洛伊德的超我、自我及原慾的三分法（分別是柏拉圖把理智放在最上層，而良心——由憤懣代表——處於中層）。發展這理論時，他讓蘇格拉底向格勞康（Glaucon）說出以下這故事，以闡明人如何可以不由自主地向一些可憎的魅力降服。以下我引述康福特（Cornford）的譯文：

> 亞格利安之子里安提亥斯某天從比里夫斯港（Piraeus）來此。到達城外北牆時，他看到刑場內躺著一些死屍。他想看，但又同時感到驚怖厭惡。起初他蓋著雙眼與內心掙扎，但最後慾望勝出。他遂瞪開眼睛，衝向屍首，大叫：「是在這兒了。天殺的，把這可愛的景象看個飽吧！」

（康福特的「可愛的景象」，鄒懷特〔Jowett〕的版本譯爲「美麗的景象」。）柏拉圖把其他更明顯的不恰當的色慾或累贅的肉身癖好避而不談，而直陳我們這可鄙而又眞確的嗜好——以眼饕餮別人的卑辱、痛苦及傷殘。

當然我們討論苦難及暴行照片的效果時，我們必須同時考慮這卑下本能的暗流。

於《論攝影》中，我曾寫下：

> 較富裕的地區——在這些地區內最大量的照片被拍下及享用——那些慣受保護的中產階級，通過攝影了解人間疾苦；照片能夠，亦實在令人心情沉重。然而攝影的美學化傾向，最後把它能傳遞的沉重訊息也中和了。攝影把經驗變為細小的一片，把歷史轉化為一個觀覽品。他引出人的善心的同時，也砍斷了這憐憫，把人的感情推遠。攝影的寫實主義終而為現實世界製造了一點混亂——長遠來説令人道德感麻木，而不論長遠或短期來説，都能刺激感官。

是眞的？我在七〇年代初寫下這些思緒時，的確這樣想。現在我卻不太肯定——一個原因是，自從寫下這些文字之後，我與好些記者在一個反覆拍攝的戰爭中共度了一些日子。（在塞拉耶佛，我間歇地困坐三年「愁城」的經驗也影響了我的看法。）現時我問自己，有什麼憑證說照片的衝擊力越來越小？說我們這觀覽品的文化抵銷了災害照片對我們道德意識的碰擊？說我們只不過製造了一個痲冷的文化？

事實上，大眾傳媒——電影、電視、電子遊戲——中，影像可被接受的暴力及虐待程度是越來越高。四十年前，我們不忍卒睹、難以接受的影像，如今都被富裕國家的青少年觀眾眉眼不皺地觀看著。是的，在現今的文化內，對許多人來說，暴力之震撼不過是令暴力更富於娛樂性。然而這仍不等於說：人們是以同一種無關痛癢的態度觀看「眞實」的影像。

讓我提出一些相當廣泛的想法。

一個社會或人生之所以爲「現代」，是因爲其空間爲「資訊」——當代人生的一個中心點——所飽和。而對現代世界的批評，其實也就是描述不斷地加速、不竭地非人化和疏離化的資訊的生產過程——不論是抽象的還是數據上的，充滿侵略性的還是不必要地過分刺激我們的資訊的生產。

說現代生活總是充滿著暴戾，而我們不知不覺地慢慢習慣了——這理論是對現代世界最古老的抨擊，已經通行了一百五十年。（差不多與攝影的發明同壽。）這是1860年代波特萊爾（Charles Baudelaire）在他的筆記簿中的一段：

> 只要你看報，不論是何年何月何日，你不可能不在每一行字句之間發現人類可怕、畸怪的痕跡。……每份報紙，從第一行到最後一行，不外是幾許凶暴的纖維。戰亂、罪案、偷竊、淫行、刑罰、個人的與王孫貴胄的與國家的邪惡行徑，一幅無遠弗屆的殘暴雜交大會。
>
> 而這是文明人每天早餐時吞下的開胃菜。

波特萊爾年代的報紙還沒有圖片。他是在控訴當年的布爾喬亞吃早餐時看早報，飽覽板盪世情之後，往商業的廟堂內開始謀生賺錢的一天。然而這與對當代社會的批評異常類似，我們一早看電視、閱早報、瀏覽當世的災害，對禍事越來越習慣。

討論獸惡之影像有兩種濫調：首先它們全無效果.，同時它們的擴散先天上就是犬儒而且腐敗的。

麥可·伊格納提夫（Michael Ignatieff）[8]曾說：「感謝電視，戰爭攝影變成我們每晚的平淡家常。我

[8] 作家及哈佛大學教授，關注人權及近代戰爭。

們的世界被殘暴的影像所泛濫。」「每晚的醜惡影像之襲擊，」將可能扼殺我們「把美的視象轉化爲道德透視的良能」。然而這類言論是在做出一些什麼要求呢？把血淋淋的影像加以分配——例如，每星期一次——就能夠維護其振聾發聵的威力嗎？或更廣泛地說，就能達致如同我在《論攝影》中提出的「影像的生態平衡」（ecology of images）嗎？

這類怨懟——我是同時批評我自己在《論攝影》中的言論及麥可・伊格納提夫的說法——其實是粗俗兼且華而不實。這世界將不會出現「影像的生態平衡」。也不會有監督委員會去配給驚怖，以令我們更易受驚恐。而暴行也不會停止。

我在《論攝影》中曾提出——而麥可・伊格納提夫也重提了——一個看法：即現實，或我們能夠以新鮮的情感、適恰的良知向現實反應的能力，是因這些粗鄙駭人的影像過分洶湧而受損耗。然而這看法是對這些影像無所不在的現象的一種態度保守的批評。

我形容這種批判態度是「保守派」，原因是它並不質疑所謂「現實」之有或無，及我們對之做出反應的能耐。當然這理論的最激進的版本是：根本沒有現實這回事需要我們去維護，現代文化之大嘴把現實嚼碎之後再吐出來，吐出的一團穢物就是影像了。根據一些很有影響力的對現代文化的分析，我們是一個「觀覽物的社會」（society of spectacle）。任何事物都要轉爲觀覽物——即是，對我們來說，變得有趣——之後，才能眞正地存在。人也變爲影像了：是爲「名人」。世上只有傳媒，及再被表呈之物象：現實已然過時了！

這些俱是華美的辭藻。但對很多人來說，很有說服力，因爲現代世界的一個特色是人熱中感受走在前頭——走在其本身的經驗的前頭。這派見解特別見諸紀・狄波（Guy Debord）和尙・布希亞的作品中，但其實不限於他們。這似乎是法國人的擅長。

1993年夏天在塞拉耶佛，我出席了一個安德烈・格魯克斯曼（André Glucksmann）[9]的午間記者會。他是該天早晨由一架法國軍用戰機專程把他從巴黎送抵這圍城，以示支持。出席這記者會的大約有二十位觀眾，多是當地的年輕記者、一些好奇的外國通訊員，

9 他與桑塔格於〈反後現代主義及其他〉訪談中批評的伯納德–亨利・利維（Bernard-Henri Lévy）一樣，都是七〇年代在法國崛起的所謂「新哲學」陣營的核心分子。

還有我這湊熱鬧的好事之徒，一塊擠在這類集會常用的、以沙包支撐的房間內。格魯克斯曼向與會人士說：這是第一宗徹底地「傳媒化」（médiatique）的戰爭。他向這群昏頭昏腦的聽眾解釋說：這場戰爭的成敗與塞拉耶佛或波士尼亞境內發生的任何事情無關，關鍵是在外國傳媒的報導。他說：「任何戰爭都已變成爲一宗傳媒事件了。」對我們那些當時困住塞拉耶佛的人來說，很難想像整個戰爭不過是傳媒化的現象。也許，格魯克斯曼雖然是有心人，卻也不大相信他自己的華麗言論，因爲當天黃昏他就乘坐同一架戰機飛返巴黎了。即使他也明白，子彈槍砲是有點超乎傳媒化地貨眞價實吧！有關現實死亡的報導——如同作者之死、或小說之死——都似乎有點誇大。

也許這項說法的反面才是事實：影像從來不曾如此所向披靡。從應比夫拉饑饉而成立的「無國界醫生」（Médecins Sans Frontières）開始，民間崛起的許多人道機構便與精英輿論及公眾輿論的迅速轉變直接相關。影響輿論的一個主要工具，正是那些不忍卒睹的照片。某些時候，甚至國家政府也不得不因爲一些廣泛流傳的可怕圖片而象徵式地回應。偶爾一位政要可以因爲某幀圖片的衝擊而改變其立場。例如，來自加州的資深參議員黛安・費恩斯坦（Diane Feinstein）曾聲言，她於1995年改變初衷地支持北約軍隊介入波士尼亞的原因，是因爲她看到一張照片，照片中一位來自斯瑞班尼（Srebrenica）市區的女難民，遭一群塞爾維亞士兵輪姦之後，在土斯納（Tuzla）市郊的樹林中，羞憤投繯。

但這些照片仍很難令極端的兩類人釋疑：那些從不曾貼近戰爭的玩世不恭的犬儒派，及那些正蒙受照片中的愁雲慘霧所困擾的市民。

人們仍感到這類照片只迎合了下三濫的趣味；只不過是商品化的鬼惑刺激。在塞拉耶佛的圍城歲月裡，攝影記者因頸項所懸的照相機而容易被辨認，遂不難聽到某人向攝記大叫：「你在等某些炸彈爆發後去拍攝一些死屍嗎？」這些人也不理會，置身於槍林彈雨之間，戰地攝影師命喪當場的機會與他們瞄向的人物也差不多。而我可以作證，記者們的立場並不騎牆。事實是，記者們不分男女情緒激昂地站在波士尼亞的一邊。此外，塞拉耶佛人也深明該市的存亡端賴這些駐留危城採訪的記者的聲援。然而外國記者，特別是戰地攝記，卻不斷地蒙受嘲辱。一般的塞市居民稱他們爲「死亡天使」（angels of death）。然而事實上，攝影師總有可能是蠢蠢欲動要獵取一張死亡照片。

這一切乃起因於1993年，英國廣播公司（BBC）的艾倫・力圖（Allan Little）——駐派圍城的最佳記者之一——曾經報導了一名女童因中彈而受重傷。該新聞迅被世界各地的報導以頭版轉載，輔以一幀「小艾爾瑪」（Little Irma）——孩子的暱稱——的彩色照片。當時英國首相約翰・梅傑（John Major）感到輿論壓力，遂派了一架英國戰機到塞市，把那腦部重傷、返魄無求的孩子帶到一間英國醫院中度過最後時刻。

現代文化的市民——視事件爲觀覽物的享用者——早已深受調教，犬儒式地懷疑一切所謂「誠懇」的言行。所以，談起「關注」攝影時總濫情地嘲諷爲「災難旅遊」。似乎永遠有人會用盡方法去禁止自己的情感受觸動。還是高高在上，不讓情感冒任何凶險方便一點。

然而眞實的情況是，有太多事物要求我們注意，因此當我們見到一些令我們不舒服的照片時掉頭不理，是很可以理解的現象。

1993年4月，我初次到訪塞城（當時該城已被圍困一年）不久，遇到一位女士向我這樣說：「1991年塞市仍很安寧，我安坐於自己舒適的公寓內看著波士尼亞電視台播放塞爾維亞在克羅埃西亞的獸行，那不過距塞市兩百多哩而已。我記得某天晚上新聞播放弗科瓦（Vukovar）城慘遭蹂躪的片段；我當時心想：『多可怕！』然後就轉了頻道看另一台。若法國、德國或義大利的人民看到電視上塞城的平民慘遭屠殺時，也是喊一聲『多可怕！』之後就轉看別台，我怎會大驚小怪。那是人之常情吧！」

鎮坐於我們的電視及電腦之前，我們可以收看來自世界各地的災難影像及簡短報導。我們早已超越了布爾喬亞的吃早餐看早報的年代。新科技正向我們不輟地傳送資訊：只要我們願意花時間，我們可以看到看之不盡的人禍影像。

事實上，我們是被邀請去對一切事物有所反應，但我們卻沒有足夠的能耐應付。大部分人對並無切身影響的遠方災情不願多看，是正常的。

然而，我不認爲是因爲影像泛濫而令我們的反應鈍減。（相對於哪個時代我們的反應鈍減了？又有哪一個時代的反應可做爲最適恰的基準線？）我們的反應也有可能是增多了。

然而，良知受觸動不應是最終目標。那只是知而後行所必須的前奏。影像似乎在向我們呼籲，而不只令我們不安、憤怒。影像說：制止此事、介入、採取行動。這才是正確反應。因爲影像說那是人爲的處境，並非無可避免的。我所談及的那類影像不應如基督受難圖一樣，只令我們沉思。

點出一個地獄，當然不能完全告訴我們如何去拯救地獄中的眾生，或如何減緩地獄中的烈焰。然而我仍要點出：承認並擴大了解我們這世上的許許多多苦難——這是件好事。一個動不動就對人類腐敗行爲大驚小怪、面對陰森可怖的暴行證據感到幻滅甚或不願置信的人，是於道德及心智上仍未成熟。

人長大到某一個年紀之後，再沒有權利如此天眞、膚淺、無知、善忘。

現今文化儲存的無數影像已令我們難以縱容道德上的缺憾。讓暴戾的影像魘著我們！縱使照片不過是個標記，不可能全部涵蓋它們試圖記錄的現實，但他們仍然提供一個不可或缺的功能。照片說：把這些災禍存於你的記憶中。

即使我們不會徹底改變，可以掉頭不顧，可以翻看另一頁，或轉向另一頻道，這都無法讓我們據此而責難影像攻勢所蘊含的道德價值。（看到苦楚的照片時無法**徹底**感同身受並非我們的缺憾。）當然，照片亦不能補充我們的無知之處，無法提供照片中苦難的根源及其歷史背景的這類知識。一個影像是一項邀請：去觀察、學習、專注。照片不能代我們做知性及德性的工作。但它們能助我們踏上此途。

蘇珊・桑塔格重要著作年表

1963 The Benefactor
《恩人》

1966 Against Interpretation, and Other Essays
《反對詮釋》

1967 Death Kit
《死亡工具套》

1969 Styles of Radical Will
《激進意志之風格》

1970 Duet for Cannibals, A Screenplay
《食人生番二重奏：電影劇本》

1974 Brother Carl, A Filmscript
《卡爾兄弟：電影劇本》

* 1977 On Photography
《論攝影》（唐山，1997）

1978 Illness As Metaphor
《疾病的隱喻》

* 1978 I, Etcetera
《我等之輩》（探索，1999）

1980 Under the Sign of Saturn
《土星座下》

1982 A Susan Sontag Reader
《蘇珊・桑塔格讀本》

1989 AIDS and Its Metaphors
《愛滋病及其隱喻》

* 1990 Illness As Metaphor and AIDS and Its Metaphors
《疾病的隱喻》(大田，2000)

1991 The Way We Live Now (paintings by Howard Hodgkin)
《現世浮生》

* 1992 Volcano Lover: A Romance
《火山情人》(探索，2000)

* 1993 Alice in Bed: A Play in Eight Scenes
《床上的愛麗思》(唐山，2001)

1995 Conversations with Susan Sontag
《與蘇珊・桑塔格對話》

2000 In America: A Novel
《在美國》

2001 Where the Stress Falls: Essays
《重點所在》

2003 Regarding the Pain of Others
《他人之痛苦》

* 表示有中文版，括弧內代表中文版之出版社及出版年份

編譯訪談者簡介 [依本書篇章順序排列]

陳耀成

電影導演、劇作家及文化評論家。編導的劇情片包括：《浮世戀曲》、《錯愛》、《情色地圖》及探討港澳回歸的紀錄片《北征》與《澳門二千》；錄像作品包括《紫荊》、《吳仲賢的故事》。

在香港已出版的書目包括：《最後的中國人》(素葉)、《從新浪潮到後現代》(香港電影評論學會)、《夢存集》(青文)、《浮世戀曲：劇本及評論》(〔中英對照〕香港大學)、《情色地圖：劇本及評論》(〔中英對照〕青文)。

陳現居紐約，曾於該市的新院大學(New School University)得哲學碩士學位。英文論文刊於網上學術季刊《後現代文化》(*Postmodern Culture*)。根據張愛玲《赤地之戀》改編的英語話劇曾於2000年春在百老匯外圍公演。

陳軍

上海人，1958年生，畢業於上海復旦大學哲學系，中國七〇年代末的民主牆及八〇年代末的異議活動的重要參加者，現居美國紐約。

貝嶺

詩人、作家、文學編輯。出生於上海，成長於北京，現因政治原因流亡在外，定居美國。1993年底，主持創辦了流亡的文學和思想性刊物《傾向》文學人文雜誌。詩作、散文散見於台灣、香港及海外的文學刊物及報紙，譯作刊發於《紐約時報》、《洛杉磯時報》、《新共和》雜誌、《哈佛評論》等報刊。

2000年夏天在北京因出版文學刊物而入獄，在桑塔格、米沃什（Czesiaw Milose）、鈞特・葛拉斯（Günter Grass）、戈迪默（Nadine Gordimer）、亞瑟・米勒（Arthur Miller）和謝默斯・希尼（Seamus Heaney）等國際作家營救下出獄赴美。現爲紐約公共圖書館2002-2003年度的駐館作家。

楊小濱

詩人、評論家。出生並成長於上海，1988年赴美留學，獲耶魯大學文學博士學位，現爲美國密西西比大學中國文學助理教授。詩作及評論文章散見於海內外報刊，並出版有詩集及評論集《否定的美學》（麥田）等多部。

黃燦然

1963年生於福建泉州，1978年移居香港，1988年畢業於廣州暨南大學新聞系，現爲香港《大公報》國際新聞翻譯。著有詩選集《游泳池畔的冥想》、評論集《必要的角度》等，譯有《見證與愉悅——當代外國作家文選》、《卡瓦菲斯詩集》、《聶魯達詩選》、《里爾克詩選》和薩爾曼・魯西迪長篇小說《羞恥》（台灣商務）等。

索引 [英中對照]

索引 [中英對照]

八劃

國家圖書館出版品預行編目資料

蘇珊・桑塔格文選 / 蘇珊・桑塔格（Sunsan Sontag）著；黃燦然等譯. -- 初版. -- 台北市：一方，2002 [民91]

面；　公分. --（人文視界；1）

含索引

譯自：Selected writings

ISBN 986-80548-8-5（平裝）

874.6　　91017389

iFRONT

iFRONT

iFRONT

iFRONT